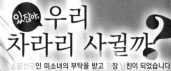

있잖아, **우리 차라리 사귈까?**

소꿉친구인 미소녀의 부탁을 받고 위장 남친이 되었습니다

"으음—. 별일은 없는데.
그냥 너랑 이야기하고 싶어서."

"왜? 갑자기 무슨 일이야?"

위장 커플로서 남에게 보여주려고 이러는 게 아니다.
이것은 순수하게——연인끼리 하는 행동이다.

"이건 매일 먹어도 안 질리겠다."

반찬을 밥과 함께 우걱우걱 먹었다.
맛있었다. 정말로 흰 쌀밥과 잘 어울렸다.

"셰프의 혼신의 역작,
돼지고기 채소 두부 찬푸루입니다―!"

"……저기, 평소처럼 꽉 안아도 돼?"

나도 모르게 웃음이 나올 뻔했다.
말투가 너무 귀엽잖아?
굳이 허가를 받을 필요는 없는데.

"응."

내가 짧게 대답하자, 그는 얼른 뒤에서 나를 끌어안았다.
내 배를 감싸듯이 팔을 두르면서 등을 완전히 뒤덮는 형태로.
꽉 하고 강하게, 가만히 길게 끌어안았다.

있잖아,
우리
차라리 사귈까?

소꿉친구인 미소녀의 부탁을
받고 위장 남친이 되었습니다

⑤

kizu kanoda
카노다 키즈

illustration
시오 카즈노코

ne, majimeni futari
osananajimi
tanomarete, kamohurakareshi
hajimemashita

커버 그림, 본문 일러스트 | 시오 카즈노코

contents

ne,mouisso tsukiattyau?
osananajimi no bisyoujoni
tanomarete,kamohurakaresi
hajimemasita

"있잖아, 우리 헤어지게 되는 거야——?"

야, 뭐 하는 거야. 난 그런 생각을 하면서 주위를 둘러봤다.

토이로 이 녀석. 목소리가 너무 크다. 수업은 끝났지만, 동아리 활동이 시작되기 전이라서, 교실에는 아직 같은 반 친구들이 남아 있었다.

쟤들이 이상한 농담을 듣고 엄청난 오해를 하지 않았으면 좋겠는데…….

그 대사를 뱉은 장본인인 토이로는 이히힛 하고 장난스럽게 웃으면서 내 앞에 서 있었다. 벌써 집에 갈 준비를 다 했는지 교복 블레이저 위에다 카멜색 머플러를 두르고 있었다.

"아니, 왜 그렇게 과장을 해……."

그렇게 대꾸하면서 나는 또다시 손에 들고 있는 종이로 시선을 떨어뜨렸다.

진로 희망 조사서.

방금 이 조사서를 들여다보는 내 모습을 발견하고, 토이로가 그렇게 극적인 농담을 한 것이었다.

"애초에 우리가 따로따로 간다고 정해진 것도 아니잖아? 넌 문과랑 이과 중에서 어디로 갈 건데?"

나는 이어서 토이로에게 물어봤다.

진로 희망 조사서라고 해봤자 구체적인 진학 계획을 적으란 것은 아니었다. 1학년인 우리가 받은 것은 단지 문과냐, 이과냐 하는 코스를 선택하라고 하는 조사서였다. 2학년이 되면 문과냐, 이과냐에 따라 배우는 과목이 달라지는데, 이것이 반 편성에 영향을 주는 것이다.

"아―, 나는 아직 안 정했는데―. 너무 갑작스러운 거 아냐―? 얼마 전까지만 해도 모두 신나게 학교 축제를 즐기고 있었는데, 갑자기 현실로 돌아온 기분이야."

그러더니 아하하 하고 쓴웃음을 짓는 토이로.

바로 지난주에, 이틀에 걸쳐 학교 축제를 했다. 그 후 주말이 지나서 월요일이 됨과 동시에 오늘부터 12월이 시작됐는데, 교실의 분위기는 아직도 축제의 여운이 좀 가시지 않은 느낌이었다.

매일매일 꾸준히 방과 후에 남아 축제를 준비하던 기간은, 묘하게 가슴이 설레는 비일상 같은 느낌이 있었다. 그리고 학교 축제 당일에는 교내 전체가 뜨겁게 달아오르는 고양감으로 가득 차 있었다. 후야제에서는 틀림없이 교내 여기저기에서 많은 사람이 저마다 청춘을 즐기고 있었을 것이다.

그랬는데 그 후 갑자기 평소와 같은 학교생활로 돌아가라니. 솔직히 말하자면 그건 몹시 어려운 일이었다. 아마나 말고 다른 사람들도 마찬가지일 것이다.

그 와중에 또 학생들을 현실로 다시 데려오려는 것처럼 학교에서 나눠준 것이 바로 이 진로 희망 조사서였다.

"문과, 이과……. 특별히 원하는 것은 없는데."

어느 한쪽에 잘하는 과목이나 못하는 과목이 있는 것도 아니었다. 그리고 문과냐, 이과냐 하는 진로에 의해 좌우되는 장래희망을 가슴속에 품고 있는 것도 아니었다.

굳이 말하자면 이과는 좀 더 수준 높은 수학이나 물리 같은 어려운 과목이 많아서 공부를 많이 해야 하고, 그만큼 그쪽에 시간을 투자해야 한다는 이미지가 있으니까 다소 꺼려지는데——. 나는 그런 말까진 하지 않았다. 토이로에게 선택의 기회를 주고 싶어서.

"나도 장래희망은 아직 정하지 않아서—."

토이로는 비스듬히 위를 쳐다보면서 그렇게 말했다.

그런 토이로의 동그란 뺨을 보면서 나는 입을 움직였다.

"……응, 그럼 우리가 꼭 헤어지게 되는 것은 아니잖아?"

그러자 히죽 하고 토이로의 입꼬리가 올라가는 것이 보였다.

"아하하, 맞아! 또 같은 반이 되면 좋겠다."

"그러게."

장래에 관해서는 아직 잘 모르겠지만.

　토이로와 함께라면 앞으로도 가슴 설레는 학교생활을 할 수 있을 것이다.

　조사서의 제출 기한은 2학기 종업식 날까지. 일단 그 종이는 백지상태로 책상 속에 넣어두고, 나는 토이로와 함께 집에 돌아가려고 자리에서 일어났다.

＊

　"오늘은 나카소네나 다른 애들하고는 안 놀아도 돼?"

　토이로는 방과 후에는 나카소네나 마유코나 후나미와 함께 적당히 수다를 떨고 나서 집에 가는 경우가 많았다. 그래서 나하고는 항상 승강구 바깥에서 만났었다.

　오늘도 그렇게 될 줄 알고 내 자리에서 천천히 집에 갈 준비를 하면서 진로 희망 조사서를 들여다보고 있었는데, 그때 토이로가 나에게 말을 걸었던 것이다.

　"응! 우라라는 요새 학교 축제를 준비하느라 바빠서 동아리 활동에 거의 참여를 못 했으니까. 오늘은 일찍 가본다고 했어. 마유도 오늘 저녁 아르바이트하는 데서 결원이 생기는 바람에, 그쪽 일을 도와주러 가야 한다면서 급하게 뛰어갔어. 카에데는 동아리 활동이 시작되기 전에 카스카베를 보러 갔고."

"아―, 다들 바쁘구나."

그런 잡담을 하면서 우리는 교문 밖으로 나갔다.

"네, 그러게 말입니다―. 다들 무지무지 바쁘다니까. 역시 12월 연말이라 그런가―?"

"아니, 전부 다 12월과는 상관없는 용건 같은데……."

그렇게 느긋하게 이야기하고 있는데.

"……저기, 있잖아. 다들 쳐다보는 거, 느꼈지?"

토이로가 불쑥 그런 말을 꺼냈다.

"뭐?"

"아니, 그러니까. 우리 둘이 복도를 걸을 때 말이야."

"아―."

그러고 보니 확실히 시선이 느껴졌다. 사람들의 시선이 푹푹 꽂히는 감각을 나도 맛봤다.

학교 축제의 커플 그랑프리. 그 대회의 결승 무대에서 나는 당당하게 토이로와 사귄다고 선언했다.

그런 일이 있었기 때문일까. 이제 교내에서 우리가 단둘이 있으면, 사람들이 자꾸 힐끔힐끔 쳐다보거나 쑥덕쑥덕 자기들끼리 떠들었다.

주목받고 있다. 그리고 그것은 내가 바란 결과이기도 했다. 많은 사람 앞에서 진짜 커플로서 인정받는다. 교내 공인 커플이 된다. ――모르는 남자가 그 소문만 듣고도 낚여서, 토이로에게 접근하지 않게 되는 상황을 만든다.

그런 목표가 달성된 것이다.

"그러면 이제 다들 우리를 열애 중인 커플이라고 생각하는 건가?"

폴짝폴짝 가볍게 뛰는 듯한 발걸음으로 내 옆에서 걷고 있는 토이로.

"응, 아마도 그런 거겠지?"

내가 그렇게 대꾸하자, 토이로가 내 얼굴을 자세히 들여다보듯이 쳐다봤다. 그리고 입가를 가린 머플러를 검지로 슬쩍 끌어내리더니 이렇게 말했다.

"마사이치, 넌 기뻤어? 나랑 열애 중인 커플처럼 보이게 되어서."

"……뭐, 그렇지. 굳이 따지자면."

그러자 토이로의 입이 "에헤헤" 하고 예쁜 곡선을 그리는 것이 보였다.

"아니, 하지만 그보다는 민망한 마음이 더 컸을지도 몰라."

"아하하, 확실히 그런 마음이 있었을지도 모르겠네. ……하지만 지금은 아무도 안 보잖아?"

많은 사람이 동아리 활동을 하느라 바쁜 이 시간대. 집으로 돌아가는 사람은 비교적 적었다. 토이로의 말대로 주위에 다른 사람은 없었다.

노을빛으로 물든 주택가. 저 풀의 이름은 양미역취라고 했던가? 길가에서 길쭉하게 자라고 있는 메마른 잡초가 바람에 이리저리 흔들리고 있었다.

블레이저 소매 끝에서 쏙 튀어나온 토이로의 손가락이 내 손등에 살짝 닿았다. 나는 그 손을 잡고 손가락을 얽었다.

어느새 이렇게 손을 잡고 걷는 것이 당연해졌다. 서로에게 무슨 말을 하지도 않았다. 처음에는 남에게 보여주기 위해서 그런 짓을 했는데, 이제는 아무도 없는 곳에서 그랬다.

위장으로 시작한 거짓 행동이 어느덧 진짜가 된 것이다.

"마사이치, 손이 따뜻해."

"아ㅡ. 토이로, 넌 항상 차갑더라."

"아하하하, 수족냉증이거든. 따뜻하게 해줄래?"

"응."

내가 토이로의 손을 꼭 잡아주자, "이야ㅡ 이러면 핫팩이 필요 없는데?"라고 하면서 토이로가 웃었다.

뭐랄까. 우리 사이의 분위기도 진짜 연인의 분위기처럼 변해가는 것 같았다. 진짜 여자 친구가 있던 적이 없어서 확실하게 단언할 수는 없지만……. 그래도 분명히 이전과는 달랐다.

단, 그런 관계가 학교 축제 날부터 정식으로 발전한 것은 아니었다.

사실 나는 고민하고 있었다.

『——미안. 사실 이런 것은 좀 더 제대로 전하고 싶어. 그러니까 조금만 더 시간을 줄래?』

그 후야제에서 나는 느꼈다. 이대로 분위기에 휩쓸리듯이 소꿉친구란 입장을 이용해서 고백하고 사귀기 시작하면 안 될 것 같다고. 특히 카스카베의 오랜 노력이 드디어 보답받는 순간을 직접 목격한 직후였기 때문에 더더욱 그런 느낌이 들었다.

나도 제대로 뭔가를 해내고, 차근차근 단계를 밟아서 정식으로 고백하고 싶었다.

소꿉친구라는 관계는 물론 소중했다. 하지만 그런 관계를 안일하게 이용하는 것이 아니라, 한 남자로서 토이로와 똑바로 마주 보고 싶으니까——.

그렇게 생각했기 때문에 나는 그런 대사를 뱉었던 것인데…….

그러면 구체적으로 어떻게 행동하면 좋을까? 하는 문제에 대해서는, 나는 아직 정답을 알아내지 못했다.

토이로는 아무 말도 하지 않는다. 나를 재촉하지도 않고, 슬쩍 떠보려고 하지도 않았다. 그저 조용히 기다리고 있었다.

그래서 솔직히 말하자면 고마움과 미안함을 동시에 느

끼고 있었다.

*

　그날 토이로는 내 방에 놀러 왔다가 저녁 식사 시간에 자기 집으로 돌아갔다. 나도 어머니가 차려주신 밥을 먹고 욕조에 들어갔다 나왔다. 게임을 켜고 머리를 말리면서 플레이하기 시작했다.

　그것은 밤 12시. 내가 게임을 그만두고 침대에 누워 스마트폰을 만지고 있을 때였다.

　돌연 부웅부웅 하고 진동음을 내면서 내 손안에서 폰 화면이 바뀌었다. 이 스마트폰에 전화가 오는 일은 거의 없었으므로 나는 깜짝 놀랐다. 게다가 그 상대는 바로 몇 시간 전까지 같이 있었던 토이로였다.

　"왜? 갑자기 무슨 일이야?"

　통화 버튼을 누르고 스피커 모드로 바꿨다.

　『으음―. 별일은 없는데. 그냥 너랑 이야기하고 싶어서.』

　"오늘도 방과 후에 실컷 이야기했잖아……. 아니, 무슨 볼일이 있는 거면 지금 당장 현관으로 나갈까? 만나서 이야기하는 게 낫잖아."

　『어, 아냐, 아니라니까. …………내가 입수한 정보에 의하면, 커플은 보통 이런 식으로 밤에 적당히 길게 통화하면서 수다를 떤대.』

흐음.

토이로는 이번에도 또 커플다운 행동을 찾아내서 실행에 옮기려고 하는 것 같았다.

"연인 작업이야?"

『아니, 연인 작업은 위장 커플로서 남들을 속이기 위해 했던 거니까. 이제는 더 이상 필요 없잖아?』

"그렇네."

『그러니까 이건 순수하게──연인끼리 하는 행동이야.』

"연인끼리 하는 행동⋯⋯."

아마도 토이로는 단순히 연인다운 행동을 한번 해보고 싶어진 것 같았다.

그건 임시 커플로서 바라는 걸까. 아니면 한 걸음 더 나아간 관계로서 바라는 걸까──.

"아직은 정식 커플이 아니잖아?"

일단 나는 그렇게 한마디 해뒀다.

『그래도 우리는 커플이니까 문제없지 않아? 임시 커플.』

그러더니 토이로는 후후 하고 웃었다.

그야 뭐, 전화 통화를 하는 것쯤은 문제가 없었다. 오히려 예상치 못한 타이밍에 토이로의 목소리를 듣게 되어서 기쁘기도 했다. 스마트폰 스피커를 통해 듣는 토이로의 목소리는 왠지 신선하게 느껴졌다. 내가 그런 생각을 하고 있는데.

『있잖아, 마사이치. 폰을 가슴에 대봐.』

토이로가 한술 더 떠서 묘한 제안을 했다.

"가슴에?"

『응, 왼쪽 가슴에. 꽉 눌러 붙여봐.』

시키는 대로 나는 스마트폰을 가슴에 꽉 눌러 붙였다.

"……이게 뭐 하는 건데?"

『……심장 뛰는 소리. 혹시 들리지 않을까—? 해서.』

"심장 뛰는 소리?"

『응. 이렇게 연인의 심장 뛰는 소리를 들으면 마음이 편안해진대.』

"그, 그래?"

진짜 연인들은 뭐랄까, 정말 대단하구나……. 뭔가 많은 것을 생각한다고나 할까.

나는 한동안 토이로의 말대로 스마트폰을 가슴에 대고 있었다. 그러나.

『으음—, 들리는지 안 들리는지 잘 모르겠어. 들리는 것 같기도 하고, 안 들리는 것 같기도 하고.』

그다지 성공적이진 않은 것 같았다.

"어—, 그야 뭐, 청진기가 아니니까."

『마사이치, 너도 들어볼래?』

토이로가 그렇게 말했다. 그 후 전화 너머가 조용해졌다.

나와 마찬가지로 스마트폰을 가슴에 대주고 있는 걸까.

"…………."

토이로에게 밀착해서 그 몸속에서 나는 소리를 들으려고 한다. 마치 그런 기분이라서 묘하게 가슴이 두근거렸다. 하지만 숨죽이고 귀를 기울여도…… 토이로의 말대로 아무런 소리도 들리지 않았다.

『다시 한번. 내가 들을 차례야!』

토이로가 그렇게 말하자 나는 한 번 더 스마트폰을 가슴에 댔다. 왠지 좀 아쉬웠다.

『…………. 조용히 있으니까, 숨소리가 들려서, 마치 네가 가까이 있는 것처럼 느껴져. 굉장하다.』

"…………."

『오늘도 건강하게 살아 있구나. 그걸 알 것 같아.』

"생존 확인이야?! 그건 통화만 해도 알 수 있잖아……."

『아, 그리고 혹시 부정맥이 있는지도 궁금하니까―.』

"이거 건강 진단이었어?!"

내가 날카롭게 대꾸하자 토이로는 "아하하" 하고 소리 내어 웃었다. 그러다 갑자기 진지하게 말했다.

『뭐, 아무튼. 마사이치. 오늘도 잘 살아 있어줘서 고마워.』

"으, 으응, 뭔가 좀 거창하네."

『네 덕분에 하루하루가 행복해.』

나도 요새는 하루하루가 즐거웠다. 그것은 틀림없이 토

이로 덕분이었다.

학교에 가서 토이로의 얼굴을 보는 것도. 쉬는 시간에 우연히 눈이 마주쳐서 가볍게 눈빛을 교환하는 시간도. 방과 후가 되어서 마침내 실컷 이야기할 수 있게 되는 순간도. 언제나 두근거림이 가득해서 하루하루가 충실했다.

단순히 소꿉친구로만 지냈더라면 이런 감각은 느끼지 못했을지도 모른다.

이것은 틀림없이 그 봄날에 우리가 임시 연인이 되었기 때문일 것이다——.

☆

마사이치, 통화 종료, 46분.

통화를 마치고 화면을 보니 그런 글자가 표시되어 있었다. 나는 휴 하고 숨을 쉬었다.

갑자기 전화를 걸어도 이렇게 대화를 많이 해준다. 응. 역시 마사이치는 다정하구나——.

나는 풀썩 드러눕듯이 침대에 누웠다. 왼손을 이마에 대면서 눈을 한 번 꼭 감았다.

학교 축제가 끝나고 며칠이 지났다.

그 후야제는 마치 꿈만 같았는데, 그래도 아직 선명하게 기억한다──원치 않아도 자꾸만 기억나는 것이다. 그리고 그날의 답은 아직 못 들었다.

언제 해줄까? 아직 멀었나? 하고 가슴이 두근거렸다.

나도 마사이치와의 관계 때문에 여러모로 고민하던 시기가 있었다. 마사이치도 그때의 나와 마찬가지로 고민하고 있다면, 그건 뭘랄까. 정말로 기쁠 것이다.

하지만 이렇게 얌전히 기다리기만 하면 조금은 불안해지는 것도 사실이라서.

아마도, 틀림없이, 필시 그것은 나의 기우로 끝날 테지만…….

마사이치는 다정해. 약속은 지키는 사람이야. 그러니까 괜찮을 거야.

그런 말을 나 자신에게 들려주면서 나는 기다리고 있었다.

언제 해줄 거야? 가능한 한 빨리……라는 생각이 들 때도 있지만…….

아아, 안 돼, 안 돼. 다른 생각을 하자. 만약에 사귀게 된다면 무엇을 하고 싶지? 여자 친구로서 그를 위해 무엇을 해줄 수 있을까?

그때는 마사이치도 지금까지(위장 커플이었던 시기)와의 차이점을 느껴줬으면 좋겠다.

좀 전에 했던 연인다운 행동——밤에 전화해서 느긋하게 수다를 떠는 것도 실은 그 일환이었다.

그 외에 또 어떤 일을 하면 그가 기뻐할까? 그런 생각을 할 때는 저절로 신이 나서 마음이 들떴다.

나는 무의식중에 킥킥 웃으면서 손가락을 슥슥 움직여 스마트폰의 웹브라우저를 켰다.

"일정한 리듬으로 하반신을 움직이다 보면, 점점 숨이 차오르면서 겨울인데도 몸이 확 뜨거워지게 되는 거야. 거칠어지는 호흡. 땀으로 촉촉해진 피부. 그리고 마침내 골인했을 때의 쾌감은 이루 다 표현할 수 없을 정도지. 자, 이 운동의 정체는 과연 뭘까요—?"

후, 후, 헉, 헉. 후, 후, 헉, 헉. 리드미컬한 호흡을 하는 도중에 사루가야가 그런 퀴즈를 냈다.

"야, 그건……."

"응, 그거야. 마사이치 나리——."

"……오래달리기잖아."

"어휴, 역시 나리는 잡념이 없구나. 여자 친구가 있는 사람은 역시 여유가 있다니까."

"이런 상황에서 그런 시시한 퀴즈를 내지 마……."

지금 우리는 체육 수업을 받는 중. 그것도 한창 오래달리기하는 도중이었다.

내가 혼자서 달리고 있는데, 뒤에서 쫓아온 사루가야가 내 옆에 나란히 서더니 말을 붙인 것이다. 참고로 굳이 말하지 않아도 알 테지만 이것은 내가 사루가야보다 한 바퀴나 뒤처졌다는 뜻이었다.

심지어 이놈은 실실 웃으면서 퀴즈까지 내는 여유도 있었다. 이놈의 체력은 무한한 건가……? 아니, 그냥 내 HP가 심각하게 기준 미달인 건가?

아까 그 퀴즈. 정답은 맞혔지만, 마지막 한 문장에는 동의할 수 없었다. 쾌감 따윈 없었다. 체력이 완전히 한계에 달해서 숨 쉬는 것조차 필사적이었다. 겨울의 풍물이라고도 할 수 있는 이 체육 시간의 뜬금없는 마라톤 대회는, 솔직히 말해서 나에게는 고통 그 자체였다. ……이건 다들 공감하지 않을까?

하지만 이것도 수업은 수업이었다. 그래서 어쩔 수 없이 나는 자기 나름의 속도로 천천히 달리는 중이었다.

"……야, 너. 안 가도 돼?"

나는 사루가야에게 물어봤다. 그는 느닷없이 19금 같은 퀴즈를 내더니 계속해서 나와 함께 달리고 있었다.

"어, 있잖아. 나리. 우리 이야기나 좀 하자. 어차피 나는 최고 기록을 노리고 있는 것도 아니고, 체육 성적을 올리는 데 관심이 있는 것도 아니야."

"이야기할 정도로 체력이 여유 있지는 않은데."

"그렇게 비실거리는 나리의 달리기가 이제 와서 가벼운 산책으로 바뀌더라도, 아무도 신경 쓰지 않을걸?"

뭐, 그건 그렇지만…….

사루가야의 한마디에 나는 쓸모없는 저항을 포기하고

허리에 손을 대면서 걷기 시작했다. 그런 나한테 맞춰 사루가야도 속도를 줄이더니 달리기를 그만뒀다.

나란히 걷는 우리 옆을 스치면서 다른 학생들이 휙휙 추월했다. 한편 우리처럼 그냥 포기하고 걸어서 코스를 돌고 있는 학생들도 몇 명은 있었다.

"그래서, 뭔데? 무슨 상담이라도 있어?"

내가 물어보자, 사루가야는 피식 웃었다.

"아니 뭐, 그렇게 대단한 것은 아니고. 가벼운 잡담인데. 어느새 크리스마스가 다가오고 있잖아? 그래서 나리는 뭔가 준비하고 있어?"

"아――……."

시의적절하다고나 할까. 참으로 지금 이 시기에 잘 맞는 주제였다.

물론 나도 크리스마스는 의식하고 있었다. 토이로에게 내 마음을 전하기 좋은 타이밍일지도 모른다고 생각하기도 했다. 하지만 크리스마스 당일――혹은 그전까지 실제로 무엇을 하면 좋을지는 전혀 모르는 상태였다. 심지어 아직은 토이로와 그날 약속을 잡지도 않았다.

"너는 어때?"

나는 뭐라고 대답하면 좋을지 몰라 고민하다가 사루가야에게 되물어봤다.

"응, 나? 후후후. 나는 이제 곧 다가올 성스러운 밤에 성적인 일전(一戰)을 벌이기 위해, 날마다 열심히 근력운동을 하고 있어."

"아, 근력운동……."

"응. 왜 그래? 나리. 태클을 걸지 않다니, 나리답지 않잖아. 어디 아파?"

"어, 아니, 성스러운 밤에 성적인 어쩌고 하는 부분은 귀찮아서 무시했는데…… 근력운동을 한단 말이지. 요컨대 자기 개발을 하고 있다는 뜻이잖아?"

"관심 있어? 그럼 다음에 같이——."

"아니, 그런 건 아니고."

나는 허둥지둥 부정한 뒤.

"저기, 그래서 그 싸움 상대는? 예정된 상대는 있어?"

즉시 다음 이야기로 넘어갔다.

근력운동을 같이 하자는 제안을 빨리 넘겨버리는 것이 목적이었다. 그런데 사루가야의 대답을 듣고 나는 깜짝 놀라고 말았다.

"어, 일단은 있어…… 24일이나 25일에 데이트하자고, 마유코에게 말해볼 생각이야."

"흐음……? 네가 먼저 데이트를 신청한다고……?"

나는 무심코 곁눈질로 힐끔 사루가야의 얼굴을 봤다. 사루가야는 오래달리기를 해서 그런지 붉어진 뺨을 "헤헤헤" 하고 쑥스러워하는 것처럼 손가락으로 긁적거렸다.

그동안 쭉 마유코가 사루가야에게 온갖 방식으로 접근하는 모습은 나도 가까이에서 지켜봤었다. 그런데 드디어 이번에는 사루가야가 먼저 접근한다니……. 왠지 나까지 덩달아 좀 기뻐졌다.

"아, 그런데 아직은 놀러 갈 장소조차 정하지 않았어. 그래서 말인데, 마사이치 나리. 댁은 커플 그랑프리 결승에도 진출하신 검증된 능력자 베테랑 커플이잖아. 그 커플의 크리스마스 스케줄을 나도 참고하고 싶거든?"

"아—, 글쎄. 어디 갈지는 우리도 아직……."

"그래? 쉽지 않네. 선물 같은 것도 준비해야 하잖아?"

"응, 맞아. 하지만 선물도 아직 고민 중이라……."

유감이지만 사루가야에게 도움이 될 만한 정보는 단 하나도 가지고 있지 않았다. 오히려 나야말로 어떻게 하면 좋을지 가르침을 받고 싶었다.

"미안해. 도움이 안 돼서."

"아냐, 아냐. 마사이치 나리. 나리도 아직 정하지 못했다는 이야기를 듣고 나도 좀 안심했어. 좀 더 생각을 해볼게."

그렇게 말하고 사루가야는 활짝 웃었다. "그럼 난 간다!" 하고 경쾌한 발걸음으로 달리기 시작하더니, 등 뒤로 손을 내밀어 인사하듯이 가볍게 흔들었다. 평소에는 야한 이야기만 하는 주제에 중요한 순간에는 멋지게 한 건 해내고 사라지는 건가? 저건 좀 치사하지 않아? 하는 생각이 들었다.

그나저나 크리스마스란 말이지.

그날을 이렇게 강하게 의식하는 것은 오랜만이었다. 아직 부모님한테 선물을 받을 수 있었던 어린 시절 이후인가. 중학생이 되고 나서는 현금만 받게 되었으니까……. 실은 그게 더 고맙긴 했지만.

그런데 토이로와 임시 커플이 된 다음부터는 그날이 특별한 날로 변했다.

——아니, 잠깐만. 애초에 토이로는 크리스마스 날에 시간은 있는 걸까……? 그것만이라도 미리 확인해야겠다.

그나저나 사루가야가 자기 나름대로 노력하면서 자기 개발을 하고 있었다니. ……카스카베와 같구나.

흠, 근력운동이라. 사실 난 특별히 잘생긴 남자가 되거나, 근육을 만들어서 토이로의 마음을 사로잡고 싶은 것은 아니었다. 외모를 가꾸는 노력은 나한테는 안 어울리는 느낌이 들었다. 예전에 마사이치 개조 계획이란 명목으로 토이로가 나를 멀끔하게 꾸며준 적도 있으니까. 그쪽 방면의 노력을 나 혼자서 하는 것도 이상하지 않나? 하는 생각이 들었다.

……과연 어떻게 하는 것이 정답일까.

토이로에게 유예 기간을 받아놓고 이렇게까지 고민하고 있으니, 이제는 쉽게 물러날 수도 없는 상황이었다. 물러

날 마음도 없지만.

그 디데이가 점점 다가오고 있어서 나는 약간 초조해졌다.

☆

오래달리기 수업을 한 날에는 도시락만 가지고는 좀 부족한 느낌이 들었다. 아니, 실은 포상으로 디저트까지 먹고 싶을 정도였다.

이런 기분에 공감하는 친구가 있다는 것이, 이 겨울의 학교생활을 이겨내게 해주는 가장 큰 무기가 아닐까.

그리하여 나는 우라라, 마유와 함께 오전에 오래달리기를 하는 날에는 학교 식당에 가서 밥을 먹기로 약속했다. 카에데는 아쉽게도 역시나 점심때에는 카스카베를 만나러 가는 것 같았다. ……저렇게 작은 도시락 하나만 먹고도 버티다니, 굉장하구나.

아무튼 오늘도 우리는 수업이 끝나자마자 식당으로 향했다. 자리를 잡은 뒤 각자 좋아하는 음식을 주문하러 갔고, 세 사람이 다시 모일 때까지 기다렸다가 "잘 먹겠습니다!" 하고 인사했다. 여기까지 해치웠는데도 아직 종이 친지 10분 정도밖에 안 지났으니 꽤 괜찮은 기록이었지만, 사실 우리의 체감으로는 '와, 드디어!'란 느낌이었다.

"아— 피곤하다—. 오래달리기는 내 인생에서 꺼져 달라스— 카레 돈가스—."

그렇게 말하면서 마유코가 카레를 먹기 시작했다.

"마, 마유?! 그런 수준의 농담을 그렇게 큰 소리로 말하지 말아줄래?"

"어, 왜—?"

왜냐하면 듣낸 내가 더 민망하니까.

"아니, 뭐. 실제로는 다 같이 천천히 뛰었을 뿐이잖아? 그렇게 피곤한 것도 아닌데."

우라라가 그런 말을 했다.

"아냐, 엄청나게 피곤하거든—? 우라라는 체력이 넘쳐서 그런 거야……."

종종 땡땡이를 치기는 해도 테니스부에 소속된 우라라는 적당히 체력이 있었다. 밤에는 몸매를 유지하기 위해 달리기도 한다는 이야기도 들었다.

"그런가? 난 아까 수다나 떨면서 대충대충 뛰어서 재미있었는데."

우라라는 상쾌한 표정으로 그렇게 말했다. 그리고 흘러내리는 머리카락을 귀 뒤로 넘기고 라면을 후루룩 먹었다.

실은 나도 똑같이 라면을 주문했다. 마사이치가 여기 있었다면, 서로 반찬을 교환해서 다양한 맛을 즐길 수 있으니까 정식 메뉴를 주문했을 테지만. 그러고 보니 그렇게 우리가 자연스럽게 반찬을 교환하는 행위를 우라라와 사루가야한테 지적당했을 때도 아마 이 자리에 앉았던가?

왠지 그런 과거가 무척 그립게 느껴졌다.

"아―, 글쎄, 물론 재미있긴 했지만."

그 대신 혹사당한 다리가 뻣뻣해졌는데⋯⋯.

"저기, 다들 토이롱이랑 수다 떨고 싶어서 일부러 속도를 늦췄거든?"

마유가 그렇게 한마디 했다.

"뭐―? 나 때문에?"

"당연하지! 우리 멤버들한테는 '분위기 메이커 토이롱'이 필요하니까."

"그건 좀, 인기 없는 개그맨의 이름 같은데⋯⋯."

내가 짐짓 떨떠름한 표정을 지으며 톡 쏘아붙이자, 두 사람은 깔깔 웃어줬다.

친구들이 나를 필요로 한다면 그보다 더 기쁜 일은 없을 것이다. 나는 너무 빨리 뛰면 컨디션이 나빠질 것 같아서, 아니, 애초에 달리기를 잘 못하기 때문에 체육 시간에도 거의 꼴찌 다툼을 하는 편이지만. 친구들은 그런 나의 속도에 맞춰 일부러 느리게 뛰어줄 정도로 착했다. ⋯⋯그래서 정말 고마웠다.

왠지 좀 훈훈한 기분을 느끼면서 나는 라면에 달려들었다.

밥을 먹으면서 가벼운 잡담으로 넘어갔다.

"토이로, 요새 남자 친구랑 사이는 어때?"

별것 아닌 것처럼 자연스럽게 우라라가 그런 질문을 던졌다.

지금까지는 위장 커플로서 우리의 사이좋은 모습을 한껏 과시했었는데……. 오늘은 좀 생각을 해보다가 입을 열었다.

"어—, ……글쎄, 적당히 좋은 것 같은데."

커플 그랑프리에서 이미 우리가 연인이란 것을 모든 사람에게 확실하게 알려줬다. 더 이상 쓸데없는 연극을 할 필요는 없었다.

마사이치와 함께했던 후야제의 광경이 문득 머릿속에 되살아났다. 그 후로 우리는 상당히 좋은 분위기를 유지하고 있었다. 구체적으로 뭐가 좋으냐고 물어본다면 대답하긴 좀 어렵지만, 우리 두 사람의 거리가 확 가까워진 듯한 분위기가 계속 이어지고 있다.

그와 함께하는 사소한 시간이 소중했고, 별것 아닌 대화가 내 가슴을 설레게 했다. 그리고 마사이치도 같은 기분을 느껴주고 있다는 것이 전해져 왔다. 아직 정식으로 무슨 말을 들은 것은 아니지만——그가 나를 소중히 여기고 있다는 것은, 최근 들어 아주 잘 알게 되었다.

내가 그런 생각을 하고 있는데.

"……토이로, 남자 친구랑 뭐 좋은 일이라도 있었어?"

어느새 우라라가 내 얼굴을 가만히 들여다보고 있었다.

"뭐? 아니, 왜?"

"어, 그냥 그런 느낌이 들어서."

"맞아, 나도 알 것 같아, 우라랑! 방금 토이롱은 뭔가 엄~청 그런 느낌이었어."

그렇게 마유가 대화에 끼어들었다.

"그런 느낌이라니?"

"응, 그건 말이지. 뭔가 섹시한 표정이었어."

"섹시?!"

"아, 아니, 너 설마, 마조노와……."

눈썹을 찡그리면서 듣고 있던 우라라가 갑자기 눈을 크게 떴다.

"무, 무슨 소리야?"

"설마 이미, 해, 해, 해버린……."

"우, 우라랑, 더 이상 말하면 안 돼! 민감한 문제란 말이야! 아니, 실은 벌써 옛날에…… 그런 거 아냐?"

"그, 그렇구나. 하긴 그래, 그런가……?"

"너희 둘 다 무슨 생각을 하는 거야?!"

환한 대낮에 식당에서 이런 이야기를 하다니?! 부끄러우니까 제발 그만해…….

"어휴, 진짜! 이상한 추측은 하지 마! 커플 그랑프리 이후로 전보다 좀 더 사이가 좋아진 것 같다— 뭐, 그런 거야. 끝!"

"그렇구나. 하지만 벌써 반년이 넘게 사귀었잖아? 그런데도 사이가 더 좋아질 여지가 남아 있다니. 대단하다."

냉정을 되찾은 우라라가 그런 말을 해줬다. 그리고 그 옆에서.

"부러워—. 행복해 보여—. 나도 크리스마스에는 힘내야지……."

마유가 조금 풀 죽은 어조로 그렇게 중얼거렸다.

"상대는? 사루가야?"

내가 물어보자, 마유는 끄덕끄덕 고개를 움직였다.

"응, 그런데…… 우선 약속부터 잡아야 해."

걱정이 되는 걸까. 삐죽 내민 입술을 움직이면서 조그맣게 이야기하는 마유. 양 갈래머리 끄트머리를 손가락으로 살살 만지작거리고 있었다.

"그렇구나—. 하지만 아마 괜찮지 않을까? 커플 그랑프리에도 같이 나가줬잖아! 오히려 이번에도 내심 기대하면서 기다리고 있을지도 몰라!"

"그러면 좋을 텐데—."

실제로 약속이 정해지기 전까지는 아무래도 불안하지. 응, 알아.

나도 슬슬 마사이치에게 말을 걸어볼까. 어쩌면 마사이치가 먼저 나에게 뭔가 제안할지도 모른다는 생각도 좀 했었는데……. 사실 우리 둘 사이에서는 대체로 어디 놀러 가자고 제안하거나 계획을 세우는 것은 내 역할이었다. 새로 할 게임이나, 재미있어 보이는 만화 또는 소설을 소개하는 것은 마사이치의 역할이므로, 우리 나름대로 역할 분담을 하고 있는 셈이었다.

게다가 '여자 친구가 해주길 바라는 이벤트 목록(온라인 조사)'을 보면, 생일이나 크리스마스에 같이 있었으면 좋겠다는 내용이 있었으니까. 이 기회를 놓칠 수는 없다.

"올해도 벌써 크리스마스 시즌이 되었구나ㅡ."

우라라가 묘하게 먼 곳을 보는 듯한 시선으로 말꼬리를 늘이면서 말했다.

그러고 보니 우라라는 지금 어떤 상황일까? 학교 축제 때 DJ 부스에 있는 남자 선배님을 뜨거운 눈빛으로 바라보는 것 같았는데. 그건 도대체⋯⋯.

신경 쓰인다.

하지만 물어봐도 되는 걸까.

아니, 물어보더라도 몰래 은근슬쩍 물어보는 게 좋을지도 모른다. 일단 처음에는 단둘이 있을 때. 조용한 곳에서⋯⋯.

"앗, 큰일 났다. 빨리 안 먹으면 간식을 사러 갈 시간이 없겠어!"

그런 마유의 목소리를 듣고 나는 깜짝 놀랐다.

큰일이다. 이것저것 생각할 것은 많지만, 지금 가장 중요한 것은 오래달리기의 포상인 디저트다. 예비 종이 울릴 때까지 남은 시간은 약 10분. 매점에 가기 위해 나는 서둘러 라면을 흡입했다.

본격적인 겨울이 되었다.

머플러에 턱을 파묻고 내뱉는 숨이 구름같이 새하얘지기도 하고, 뺨을 건드리고 머리털을 쭈뼛 세우면서 지나가는 바람이 얼음같이 차갑기도 하고. 그리고 아침에 이불 속에서 빠져나오는 것이 매우 엄청나게 무지무지 힘들어지기도 하고…….

그런데 단순히 날씨에서만 이 계절이 느껴지는 것이 아니었다.

가로수를 장식하는 일루미네이션, 크리스마스 대목을 노리는 특별 판매 포스터와 배너. 그리고 쇼핑몰에 들어가 보면 점포 BGM으로 흔히 들어본 크리스마스 노래가 울려 퍼지고 있었다.

거리에 나가면 즉시 기분이 유쾌해지는 감각. 그 두근거림은 어린 시절에 느꼈던 것과 다르지 않았다.

그런데 내가 난생처음으로 좋아하는 사람——좋아한다고 의식하게 된 사람과 같이 보내는 겨울은 또 뭔가 달랐다. 어쩐지 배 속에서부터 둥실둥실 떠오르는 것처럼 특별하게 들뜨는 감각이 느껴졌다.

그날 나와 토이로는 학교에서 돌아오는 길에 역 앞 쇼핑몰로 향했다. 우리가 모으고 있는 라이트노벨의 신간이 나오는 날이라 그걸 사러 서점에 가기로 약속한 것이다. 그리고 덤으로 다른 가게도 둘러보면서 놀자는 계획을 세워놓았다.

"마사이치, 방과 후 데이트야!"

"응, 그러네."

"이게 바로………… 방과 후 데이트구나!"

"왜 그렇게 오래 뜸을 들이는데?"

왠지 진심으로 감동한 듯한 말투였다.

"아니, 아니. 실은 이게 처음이잖아? 방과 후에 이렇게 둘이 외출해서 같이 노는 거."

"그런가?"

하기야 학교에서 집으로 가는 도중에 공원이나 편의점에 들른 적은 있어도, 의외로 역 앞까지 놀러 나온 적은 없었다.

"이것이 소문으로만 들어본 교복 데이트란 거구나."

토이로는 묘하게 신난 듯한 말투로 말하면서 눈을 반짝반짝 빛냈다.

데이트…….

그 단어를 이토록 강하게 의식하게 된 것은 처음이었다.

연인 작업으로 하는 데이트와는 뭔가 달랐다. 사루가야, 마유코와 함께 더블데이트를 했을 때도 아직 우리는 위장 커플로서 그 행사에 참여했었는데.

신기하게도 오늘은 그 단어가 지금까지와는 좀 다른 의미를 지닌 듯한 느낌이 들었다.

──지금부터 나는 데이트를 하는 건가.

이렇게 의식하는 것은 처음이었다. 어쩌면 이것이 첫 데이트가 아닐까? 하지만 실제로는 아직 사귀는 사이는 아니니까, 이것은 데이트라고 해도 되는 걸까? 일단 우리는 임시 커플이지만…… 데이트의 정의는 뭐지……?

따지고 보면 그때 만약 우리가 임시 커플이 되지 않았더라면, 우리 사이에서 데이트라는 단어가 튀어나올 일도 없었을 것이다.

그리고 조금만 더 있으면, 이 시간을 확실하게 데이트라고 부를 수 있게 될 텐데…….

이제 슬슬 토이로에게 물어봐야 한다. 크리스마스에는 뭐 할 거냐고. 아니, 계속 뒤로 미뤄봤자 소용없다. '슬슬'이 아니라 오늘 내에 꼭 물어봐야 한다. 언제나 이렇게 같이 노는 이벤트는 토이로가 먼저 제안하지만, 이번에는 내가 먼저──.

괜히 긴장해서 딱딱하게 물어보는 것도 좀 이상하니까 자연스럽게 물어보고 싶은데.

나는 끊임없이 그런 생각을 하면서 토이로를 따라 걸었다. 그러다 보니.

"오케이— 다 왔어!"

어느새 우리는 게임 센터에 와 있었다.

……응? 게임 센터?

"서점이 아니라?"

"에이, 역시 처음에는 여기부터 가야지!"

"그 의견에는 동의한다만, 데이트라고 해봤자 평소의 코스랑 다를 게 없구나……."

"뭐 어때, 괜찮아, 괜찮아. 우리한테는 우리만의 데이트가 있는 거야—."

토이로는 그렇게 말하더니 웃었다. 그리고 "Let's go—!" 하고 한 손을 번쩍 들면서 게임 센터 안으로 들어갔다.

우리의——우리만의, 데이트. 왠지 그 말은 부담스럽지 않아서 좋았다. 어느새 즐거워진 기분으로 나도 게임 센터에 발을 들여놓았다. 떠들썩한 음악으로 가득 찬 그 공간에.

"아, 그래도 모처럼 데이트하는 거니까. 색다른 기분으로 평소와는 다른 게임을 해볼래?"

"응, 그거 좋다. 그런데 뭘 하지?"

토이로가 주위를 두리번두리번 둘러봤다. 나도 덩달아 형형색색으로 꾸며진 센터 안을 눈으로 이리저리 훑었다.

우리가 있는 곳은 크레인 게임 구역의 출입구였다. 그 안쪽에 펼쳐져 있는 것은 메달 게임 코너. 왼편의 저쪽에는 커튼이 달린 총 게임 기계, 에어 하키. 그리고 저 멀리 아이들이 탈 수 있는 신칸센 장난감 같은 것도 보였다.

"아, 이건 어때?"

토이로가 가리킨 것은 모 리듬 게임이었다. 흘러가는 악보에 맞춰 리듬을 타면서 북을 두드리는 게임. 어느 게임 센터에나 흔히 놓여 있는 것이었다. 당연히 나도 비디오 게임 버전까지 포함해서 몇 번은 이 게임을 플레이해본 적이 있었다.

"아— 그래, 가끔은 저것도 괜찮겠다."

"응, 그렇지? 그럼 시합하자!"

우리는 평소에 그렇게 게임만 하고 사는데도, 리듬 게임을 열심히 해본 적은 거의 없었다. 둘 다 똑같이 실력이 안 좋기 때문에 어찌어찌 시합은 성립될 것 같았다.

동전을 꺼내어 게임 기계에 집어넣었다. 토이로가 북채로 북을 두드리면서 설정 화면을 넘겼다. 난이도 선택 화면이 나오자——토이로는 북의 테두리를 탁탁 두드리더니 『어려움』 코스를 고르려고 했다.

"야, 잠깐만. 너 불지옥에 뛰어들고 싶어?"

나는 다급히 끼어들었다.

"응—? 이건 시합이잖아? 아무리 그래도 가장 어려운 건 무리지만, 게임은 좀 어려운 편이 낫지 않아?"

"아니, 리듬 게임에서 제 실력보다 조금 더 높은 단계를 노렸다간 치명상을 입을 거야."

실은 과거에 쓰라린 경험이 있었다. 바로 이 북 치는 게임을 처음으로 플레이했을 때의 경험이다. 친척 집에서 비디오 게임 컨트롤러로 플레이했었는데——아무리 초보자여도 평소에 게임만 실컷 하고 사니까 괜찮겠지! 하고 어려운 코스를 선택했다가 나는 아무것도 못 하고 쩔쩔맸던 것이다. 끊임없이 흘러가는 악보를 눈으로 좇지도 못했다. 한 번 손가락이 멈춰버리면 도중에 복귀하기도 어려웠다.

레이싱 게임이나 액션 게임에서의 초보자와는 차원이 다른 것이다. 전혀 게임이 안 된다. 그리고 아무것도 못 하는 허무함에 시달리다 보면 어느새 게임 종료. 지금 토이로는 그런 비참한 상황에 놓이기 일보 직전이었다.

"넌 리듬 게임을 별로 해본 적도 없잖아? 하다못해 보통 코스로 하자, 응?"

"진짜―? 으음, 뭐, 네가 정 그렇게 원한다면? 내가 맞춰줄 수도 있지. 나 참, 어쩔 수 없네."

"왜 그렇게 잘난 척을 하는 거야……?"

오히려 내가 널 구해줬는데. 뭐, 어쨌든 이로써 사고는 막았다. 우리는 둘 다 『보통』 코스를 선택했다.

"어? 잠깐만. 이 노래가 있잖아?!"

노래 선택 화면에서 요새 인기 있는 애니메이션의 오프닝을 발견하자 토이로가 소리를 질렀다.

"굉장한데? 꽤 최근에 나온 노래도 있어."

"앗, 여기 엔딩도 있어! 이거 진짜 감동적인데—."

"잠깐. 그 애니메이션은 아직 1화까지밖에 안 봤잖아?"

둘이 같이 보기로 약속하고 지난주에 딱 1화만 봤다. 아마도 지금은 3화까지 방송이 됐을 텐데. 1화에서는 이야기가 끝나는 부분에서 오프닝 곡이 흘러나오게끔 구성되어 있었으므로, 엔딩은 아직 들어보지 못했다.

토이로가 헉 하고 놀란 표정으로 나를 쳐다봤다. 이어서 뭔가 변명거리를 찾는 것처럼 쓱 하고 시선을 옆으로 돌렸다.

"너, 먼저 2화를 봤구나?"

"어, 어—, 아니, 어쩌다 우연히 TV를 틀었더니 그게 나오고 있어서. 안 그래도 다음 내용이 궁금했으니까, 리모컨을 든 손이 나도 모르게 멈춰버려서. 아, 하지만 걱정하지 마! 난 절대로 스포일러는 안 할 거고, 나도 다시 한번 보고 싶으니까 같이 보자!"

"뭐, 그 마음은 이해해."

아마 나였어도 그건 봤을 거다. 토이로를 비난할 마음은 없었다. 그저 나도 빨리 다음 편이 보고 싶어졌다.

"저기, 그러면 일단 이 오프닝 곡으로 해도 돼?"

"응. 그리고 집에 가면 2화를 보자."

"좋아—!"

그리하여 마침내 시합이 시작됐다. 토이로는 잽싸게 머

플러를 풀었고, 나는 서둘러 소매를 걷어붙였다.

피아노로 연주되는 차분한 인트로. 그리고 맨 처음에는 하나씩 따로따로 음표가 흘러나왔다. 북의 면을 치는 빨간 색과, 북의 테두리를 치는 파란색. 그러다가 그 음표들이 점점 겹치기 시작했다. 쿠쿠쿵, 따다닥 하고 리듬에 맞춰 북을 때린다.

나는 어찌어찌 실수하면서도 짧은 콤보를 몇 번이나 이어갔다. 화면에 표시된 게이지를 보면 어느 쪽이 우세한지 알 수 있었는데…….

"저, 저저저기, 자자잠깐, 좀!"

"……야."

"꺅, 잠깐만, 쿵쿵딱, 쿵쿵딱!"

옆에서 울려 퍼지는 비명을 들으니, 누가 이기고 있는지는 명백히 알 수 있었다.

몹시 허둥거리면서 북을 치는 토이로. 그러나 완전히 한 박자 느리게 따라가고 있었다. 정확히 치면 밝게 빛나는 음표들이 점점 검게 변해서 죽어가고 있었다.

토이로, 이 녀석…… 이렇게 리듬 게임을 못하는 녀석이었나. 콤보를 성공시킨 것은 진짜 맨 처음의 인트로 부분밖에 없었다.

"잠깐, 어떡해, 팔이 막 꼬여."

"너 괜찮아? 슬슬 후렴구가 나올 텐데!"

음악이 점점 고조되어 갔다. 토이로는 포기하기는 싫었는지 어떻게든 북을 계속 두드리고 있었다.

그러다 마침내 후렴구에 돌입한 순간——.

난이도『보통』에 어울리지 않게 음표를 여덟 개쯤 겹쳐 놓은 긴 악보가 나타났다.

"아, 잠깐, 우와아아아!"

그렇게 당황하는 소리가 들려온 후에…….

"…………."

갑자기 조용해졌다. 북 치는 소리도 들리지 않았다.

내가 힐끔 그쪽을 살펴봤더니——그곳에는 북채를 손에 든 채 음악에 맞춰 덩실덩실 본오도리*를 추는 토이로의 모습이 있었다.

"지, 지금, 뭐 하는 거야?"

"에헤헤헤, 아니, 이제는 뇌가 완전히 고장 나서. 난 포기했어."

아무래도 패닉 상태에 빠진 듯했다.

"춤을 춰봤자 가산점은 없는데?"

"북을 칠 타이밍을 놓쳤다고 생각한 순간, 그 대신 뭐라도 해야겠다는 압박감을 느꼈는지 내 몸이 제멋대로……."

"그게 도대체 무슨 상황이야?!"

내가 실수하면서도 어떻게든 짧은 콤보를 이어가는 동안에 토이로의 게이지는 빛의 속도로 줄어들었다. 그러다

*일본의 백중 명절에 주민들이 다 함께 모여서 추는 민속춤.

가 섬세한 피아노 선율로 노래가 마무리되면서 게임은 종료됐다.

"어, 저기—. 참 좋은 노래였어, 그렇지?"

"노래를 즐길 만한 여유가 있었어? ⋯⋯아니, 노래를 즐길 수밖에 없었겠구나."

"이왕 즐길 거면 집에서 느긋하게 듣고 싶었는데⋯⋯."

"그게 진심이지⋯⋯? 응, 집에 가면 들어보자."

이리하여 최초의 리듬 게임 대결은 나의 승리로 끝났다. 그리고 토이로가 압도적으로 리듬감이 없다는 사실이 발각됐다.

한쪽 뺨을 살짝 부풀린 채 "이건 좀 연습해야겠네⋯⋯." 라고 중얼거리는 토이로. 나는 그 모습을 보면서 몰래 웃었다.

사소한 일이긴 하지만 이렇게 토이로와 함께 처음 해보는 일에 도전하거나, 아직 몰랐던 토이로의 모습을 알게 되는 것이 왠지 기뻤다.

좀 더 많이 이렇게 둘이 다양한 곳에 가보고, 해본 적이 없는 일을 해봤으면 좋겠다.

우리 둘이라면 틀림없이 『즐거움』은 보장될 테니까—.

*

2층으로 이동한 우리는 에스컬레이터에서 내리자마자 보이는 안내도 앞에서 멈춰 섰다.

"아, 여기. 커플로서 한 번은 꼭 가보고 싶어."

그러더니 토이로가 안내도를 가리켰다.

"응? 뭐야, 기모노 가게?"

"아니, 그거 말고. 더 위에 있는 여기. 짐승 가게."

"아, 반려동물 분양 매장? ……아니, 넌 무슨 표현을 그렇게 하냐?!"

일단 한마디 톡 쏘아붙였더니 토이로는 아하하 하고 웃었다.

"자, 가자!"

토이로한테 끌려가 봤더니, 정말로 진열장 안에 들어 있는 작은 동물들이 잔뜩 모여 있었다. "우와!" 하고 환성을 지르면서 토이로가 그쪽으로 뛰어갔다.

"이거 봐, 너무너무 귀여워!"

"어, 그래."

"꺅—! 눈이 동글동글하고 털이 복슬복슬해. 다리는 왜 이렇게 짧아? 혀를 내밀고 있는 게 귀여워!"

여자는 강아지나 고양이를 좋아한다는 이미지가 있다. 솔직히 말하자면 난 그다지 관심이 없지만, 귀엽냐 안 귀엽냐 하고 물어본다면 일단 귀여운 부류에 속한다고는 생각한다.

"와, 어떡해? 너무 귀여워! 강아지를 귀여워하는 내가 귀여워 보일 거라는 불순한 속내가 있는 게 아니라, 그냥 순수하게 귀여워!"

"난 그렇게 이상한 추측은 하지도 않았어."

"아하하하!"

즐겁게 웃는 토이로.

실제로 그렇게 보이고 싶어서 "귀여워!"란 말을 연발하는 사람은 있을지도 모른다. 하지만 토이로는 굳이 그런 식으로 이미지를 관리하는 타입도 아니고…… 또 만에 하나 토이로가 나한테 귀여워 보이고 싶어서 그런 짓을 하고 있다면, 그것도 또 나름대로 귀엽다는 생각이 들었다.

"응, 그래서 누구를 데려갈까?"

"야, 왜 이렇게 성급해?"

"역시 여기서는 커플답게, 나중에 우리가 키울 개에 관한 이야기라도 하는 게 좋을 것 같아서."

"아하, 연인 작업이야?"

하지만 그런 이야기에 응하고 싶어도, 난 개의 종류도 잘 모르고 딱히 취향이랄 것도 없었다. 굳이 말하자면 소위 경비견처럼 커다란 개는 멋있다——사역마같이 한번 거느려보고 싶다, 뭐 그런 중이병 같은 소망은 있지만. 현실적으로 그 녀석을 키우려면 고생할 것 같았다.

내가 그런 생각을 하고 있을 때였다.

"어서 오세요ㅡ. 괜찮으시다면 강아지를 한번 안아보시겠어요?"

등 뒤에서 직원 누나가 우리에게 말을 걸었다. 뒤를 돌아봤더니 이미 그 누나는 복슬복슬한 갈색 강아지 한 마리를 팔에 안고 있었다.

"네? 그래도 돼요?"

토이로가 눈을 반짝 빛냈다.

"네, 이쪽으로 오세요ㅡ."

누나는 진열대 옆의 통로에 면해 있는 소파로 우리를 안내했다. 이, 이래도 되는 걸까? 진짜로 데려갈 생각은 없는데……

"이 애는 토이푸들인가요?"

"네, 토이인데요. 여자애입니다. 떨어뜨리지 않게 무릎 위에 올려주세요ㅡ."

그렇게 말하면서 그 누나는 토이로의 무릎 위에 개를 올려놨다.

"와, 올라왔어, 올라왔다고!"

"야, 시, 시끄럽게 굴면 애가 놀라잖아."

개는 토이로의 무릎 위에서 네 다리를 바들바들 떨면서 서 있었다. 토이로는 개의 등에 조심조심 손을 대봤다. 그리고 천천히 털을 쓰다듬기 시작했다.

그러자 개가 "끄응ㅡ" 하고 가냘프게 울더니 토이로의

배에 자기 몸을 기대었다.

"끼잉, 끼잉─."

그렇게 작은 울음소리를 내면서 동그란 눈동자로 토이로의 얼굴을 쳐다봤다.

"어떡해, 나 심장 떨어졌어!"

"기어코 떨어졌구나."

"애가 떨어뜨린 거야. 아니, 잠깐만, 너무 귀엽잖아?! 마사이치, 너도 쓰다듬어봐."

그 말을 듣고 나도 손을 내밀어 개의 머리를 쓰다듬었다. 그러자 개가 머리를 힘차게 위로 들어 올렸다. 앗, 물리겠다──고 생각했는데, 아픔은 없었다. 그 대신 미적지근한 감촉이 느껴졌다. 개가 내 손가락을 혀로 핥고 있는 것이었다.

할짝할짝, 할짝할짝.

"귀, 귀여워……."

"우와! 마사이치의 입에서 귀엽단 소리가 나왔어!"

"무, 무의식중에……."

그냥 귀엽다는 말 정도는 해도 되는데. 왠지 그런 것은 내 캐릭터에 어울리지 않는다고 해야 하나. 좀 부끄러웠다. ……하지만 솔직히 말해서 엄청 귀여웠다.

슬슬 익숙해진 걸까. 그 개는 토이로의 가슴을 밟으며 두 발로 서서 토이로의 얼굴에 코끝을 톡톡 대고 냄새를

맡았다. 그러자 "어휴, 간지러워—" 하고 웃는 토이로. 그러다 갑자기 진지한 표정을 짓더니.

"좋아, 결심했어! 난 이 애를 데려갈 거야!"

터무니없는 말을 꺼냈다.

"아니, 잠깐만, 성급하게 굴지 마! 그렇게 쉽게 기를 수는 없잖아?"

"세리는 개를 좋아하잖아?"

"아니, 착실하게 주변부터 공략할 준비를 하려고? 그만둬. 아, 잠깐만. 우리 집에서 키우려는 거야?"

"역시 우리 둘이 키울 거면, 나도 자주 가는 마사이치네 집에서 키우는 게 맞지 않아?"

"야, 너 책임지고 돌봐줄 거지……?"

앗, 잠깐만. 위험하다. 왠지 모르게 키운다는 방향으로 이야기가 진행되고 있잖아?

애초에 이 개는 도대체 얼마인데?

나는 눈에 힘을 줬다. 그러자 그걸 눈치챈 이 가게의 직원 누나가 진열대 밑에 게시되어 있는, 이 토이푸들의 사진이 들어간 가격표를 여기까지 가지고 와줬다.

"어……."

그 순간 나는 할 말을 잃었다.

유, 육십사만…….

"이, 이 강아지 가격이, 이 정도나 돼요?"

"네, 그렇습니다ㅡ."

토이로의 경악이 담긴 질문에, 그 누나도 좀 미안해하는 듯한 미소를 지으며 대답했다.

"아ㅡ, 혈통서가 있어서요?"

"물론 혈통서는 있죠. 하지만 그게 중요한 게 아니라, 단순히 얼굴이 귀엽게 생겨서 그런 거예요ㅡ. 현재 우리 가게의 간판스타랍니다."

"어, 얼굴이 귀엽게 생겨서……."

진짜? 얼굴이 귀여운가, 안 귀여운가로 가격이 결정된다고? 아니 뭐, 실제로 귀엽긴 한데. 개 업계에도 이렇게 외모의 우열이 존재할 줄이야…….

"그리고 갈색 토이푸들의 경우에는 털색이 진한가 연한가도 가격에 영향을 줍니다. 점점 자랄수록 털색도 연해지거든요. 그러니까 어릴 때 털색이 진한 아이가 인기가 있답니다. 이 애의 털을 보세요. 갈색이 너무 진해서 거의 빨간색처럼 보이잖아요? 그만큼 미인인 거예요."

이렇게 귀여운 아이는 좀처럼 보기 어려워요ㅡ. 그 누나는 그렇게 추가로 매력 어필을 했다.

하지만 가격은 귀엽지 않았다.

"크윽……. 언젠가 내가 거물이 되면, 꼭 데리러 올게."

토이로는 개의 옆구리에 뺨을 대고 문지르면서 그렇게 말했다.

"아니, 그 전에 당연히 누가 데려가겠죠, 멍멍."

"꿈도 희망도 없는 대변은 하지 말아줘."

그렇게 한탄하면서 토이로는 이별을 아쉬워하는 것처럼 개를 꽉 끌어안았다.

"……토이로, 너 동물을 좋아하는구나."

"응! 키워본 적은 없지만, 실은 언젠가 키워보고 싶다고 생각하고 있었어!"

"아, 그랬어……?"

처음 듣는 이야기였다. 하지만 정말로 좋아한다는 것은 느껴졌다.

가슴에 매달리는 개를 다정하게 쓰다듬는 손길. 귀여워 하는 것처럼 웃고 있는 눈.

나는 일단 대답하면서도, 어느새 멍하니 넋을 잃고 그 모습을 바라보고 있었다.

언젠가, 어쩌면. 집에서 개를 예뻐하는 토이로의 모습을 보는 날이 올지도 모른다.

단, 그런 미래를 원한다면——내가 지금 똑바로 행동해 야 한다. 나는 혼자 속으로 그런 생각을 했다.

*

잡화점에 가서 커플 아이템으로 쓸 만한 것을 찾아보기

도 하고, 원하는 과자를 마음대로 컵에 담아 살 수 있는 가게에 가서 어떻게든 본전을 뽑으려고 분투하기도 하고.

그렇게 여기저기 들러서 딴짓을 하다가 우리는 마침내 주목적이었던 서점에 도착했다.

"어휴—, 혹시나 아직 입고가 안 됐으면 어쩌나 하고 걱정했어."

사고 싶었던 라이트노벨을 무사히 손에 넣고 안도의 한숨을 내쉬는 토이로.

"맞아, 맞아. 미입고 상태면 그나마 나은데, 재고조차 확보를 안 해놓은 상태였으면 꽤 힘들었을 거야."

서점에 들어가서 라이트노벨 코너를 찾는 데 시간이 좀 걸렸다. 예전에 왔을 때와는 점포 내의 물건 배치가 달라진 것이다. 게다가 라이트노벨 책장은 만화 코너 안쪽에 딱 하나만 있었다. 상당히 축소된 모양새였다. 그래서 라이트노벨 팬으로서는 세상의 각박함을 느끼게 되었는데…….

아무튼 궁금했던 만화책도 한 권 사기로 했고, 문예 코너도 한번 살펴봤다. 토이로가 패션지를 보고 싶다고 해서 잡지 책장 쪽으로 이동했다.

그런데 그때, 거기 서 있는 인물에게 저절로 시선이 꽂혔다.

"아……."

늘씬한 저 모습. 눈에 익은 곱슬곱슬한 금발. 기가 세 보이는 길쭉한 눈.

눈을 내리깔고 잡지를 보고 있던 그 여자도, 갑자기 멈춰 선 우리의 존재를 눈치챘나 보다. 슬쩍 얼굴을 돌려 이쪽을 봤다.

그리고 눈을 동그랗게 떴다.

"토, 토이로?!"

"어, 우, 우라라!"

예상치 못한 조우에 깜짝 놀라 소리를 지르면서도, 토이로는 아직 계산을 안 하고 손에 들고 있었던 라이트노벨을 얼른 등 뒤에 숨겼다. 한편 나카소네도 읽고 있던 잡지를 후다닥 책장에 다시 돌려놓았다.

토이로는 일단 오타쿠란 사실을 숨기고 있었다. 그러니까 라이트노벨을 등 뒤에 숨기는 것도 이해가 갔다. 그런데 나카소네는 왜 저렇게 당황하는 걸까?

"우라라! 너도 여기 왔었어? 뭐야, 말하지—. 혼자 왔어?"

"너희들은 데이트 중이잖아? 그런데 내가 어떻게 말을 해. 방해만 되잖아."

"아, 아니—, 그러면 다른 날 같이 왔을 수도 있고—."

"아, 그건 당연히 환영이지. 다음에 같이 오자, 응? 나하고도 데이트해 줘."

"응, 그래! 하자—!"

나는 몰래 토이로의 등 뒤에서 라이트노벨을 받았다. 그리고 나카소네가 방금 책장에 다시 집어넣은 잡지가 뭔지 슬쩍 확인했다.

아마도 음악과 관련된 잡지인 것 같았다. DJ라는 글자가 눈에 띄었다.

"그런데 뭐 하고 있었어? 그냥 서서 책 읽는 중이었어?"

그렇게 말하면서 토이로도 그 음악 잡지 쪽으로 시선을 돌렸다.

"응. 이따가 볼일이 있거든. 그때까지 시간이나 좀 때우러 왔어."

"그랬구나. 오, 우라라. 너 음악 잡지 같은 것도 읽어?"

토이로도 그건 의외였나 보다. 나카소네에게 그런 질문을 던졌다.

"어―. 으음, 응."

그러자 나카소네는 왠지 부끄러워하는 것처럼 눈을 옆으로 굴리면서 뺨을 긁적거렸다.

그때 돌연 토이로가 "아!" 하고 소리를 냈다.

"맞다, 그리고 보니 학교 축제 때 DJ 부스에서――."

그 말에 나카소네가 눈을 휘둥그렇게 뜨고 경악한 표정을 지었다.

"봐, 봤어?!"

"응. 그런데 네가 그쪽에 푹 빠져 있어서 말을 걸진 못했어."

뭘까. 학교 축제에서 무슨 일이 있었나? 나는 전혀 무슨 이야기인지 이해하지 못했는데……. 그래도 눈 깜짝할 사이에 나카소네의 얼굴이 붉어지는 것을 보니, 뭔가 사정이 있는 것 같았다.

"그래, 그걸 봤구나……."

나카소네는 조그맣게 중얼거리면서 뭔가 망설이는 듯했다. 그러다가 고개를 들고 토이로를 쳐다봤다.

"……있잖아. 지금 시간 있어? 부탁하고 싶은 것이 있는데. 오늘이 아니면 안 되거든……."

토이로는 나를 돌아봤다.

우리는 이제 계산만 하면 된다. 그러면 '서점에서 사고 싶은 책을 산다'는 오늘의 가장 큰 목적은 달성하는 셈이다. 그리고 토이로의 친구 관계도 중요할 것이다. 아마 이렇게 데이트 도중인 토이로에게 부탁할 정도로 나카소네도 뭔가 긴급한 사정이 있는 것이리라.

좋아, 그럼 난 집에 돌아가서 방금 산 책이나 읽을까.

내가 고개를 끄덕이자, 토이로는 작은 목소리로 "고마워"라고 말했다.

"부탁하고 싶은 게 뭔데? 뭐든지 말해봐!"

"와, 진짜 고마워! 그런데 다른 곳으로 좀 이동을 해야 하는데."

"알았어. 아, 저기. 마사이치는?"

"같이 와도 상관없어. 나는."

——뭐? 나도?

나는 화들짝 놀라 두 여자의 얼굴을 쳐다봤다.

"괜찮대. 그러니까 같이 가자."

토이로가 활짝 웃으면서 내 손목을 붙잡고 가볍게 끌어당겼다.

방금 느긋하게 라이트노벨이나 읽자는 계획을 세웠는데, 그것이 순식간에 무너지는 소리가 머릿속에 울려 퍼졌다.

……아니, 진짜로?

*

예기치 않게 발생한 긴급 퀘스트. 거기에 이유는 몰라도 나까지 참가하게 되었다.

그리고 또 하나 예상치 못했던 것이 있었다. 그것은 그 퀘스트의 목적지였다.

지하에 있는 그 공간에서는 요란한 외국 음악이 날카롭게 공기를 진동시키고 있었다. 이 어두운 공간의 머리 위에서는 별하늘처럼 알록달록한 조명이 빛나고 있었고, 그 광선이 우리 얼굴을 비추고 있었다. 그때 페이드아웃 된 음악이——갑자기 확 커지면서, 이에 맞춰 앞쪽에 있는 사람들이 점프를 했다. 나도 모르게 놀라서 움찔해버렸다.

"여긴…… 뭐야, 다른 세상인가?"

나하고는 평생 인연이 없는 장소일 거라고 생각했었다.

"핵인싸야. 핵인싸라고."

토이로도 안절부절못하면서 주위를 둘러보고 있었다.

나이트 클럽, 댄스 클럽…… 자세한 것은 잘 모르겠지만, 아무튼 이것은 클럽이었다. 진짜 핵인싸들의 서식지에, 지금 한 마리 오타쿠가 길을 잃고 들어와 있었다.

듣자니 이 클럽은 평일 17시부터 21시 사이에는 미성년자만 출입할 수 있고, 그 이후에는 통상적인 심야 영업을 하기 때문에 고등학생들도 모일 수 있는 특이한 시스템으로 운영되고 있다고 한다.

실제로 우리 주위에는 우리와 비슷한 나이의 남녀들이 모여 있었다. 우리도 그렇지만, 학교 교복을 입은 녀석들도 많이 있었다.

"우선 음료수부터 가지러 가자."

낯선 장소에서 안절부절못하고 주위를 두리번거리고 있는 우리에게 나카소네는 그렇게 말을 걸었다. 그리고 바 카운터로 똑바로 당당하게 걸어갔다. 이곳을 잘 아는 눈치였다.

"여, 역시 우라라는 굉장해"라고 토이로가 말했다.

"나카소네는 원래 이런 곳에 자주 와?"

음악이 플로어 내에 계속 울려 퍼지고 있었으므로, 대화를 하려면 서로 얼굴을 가까이 대야만 했다.

"아니, 그건 나도 몰라. 하지만, 글쎄? 이런 곳에 드나들어도 이상하진 않을 것 같잖아? 헤어스타일도 갸루 같고."

"갸루인가……."

좀처럼 접점이 없는 인종이라고 생각했는데, 이렇게 가까운 곳에 숨어 있었구나.

"응. 물론 우라라한테 이런 말을 하면 본인은 '난 갸루가 아니야!'라고 말하지만."

"아, 그래? 갸루는 아니었구나."

"아니? 갸루야. 갸루 중에는 이유는 몰라도 '갸루지?'란 말을 들으면 부정하는 아이도 있거든. 아냐, 아냐. 갸루 아니거든—?! 하고."

"그게 무슨 소리야?"

갸루란 그렇게 복잡한 생물인 건가?

"그런데 갸루는 기본적으로 자기들끼리 뭉쳐서 노는 이미지인데……. 그럼 나카소네와 같이 노는 토이로도 갸루인가? 머리 색깔은 비슷하잖아."

"아냐, 아냐. 갸루 아니거든?"

"아, 그렇게 부정한다는 것은 갸루란 뜻이구나?"

"저, 정말, 진짜로, 나는 갸루가 아니야!"

"대체 어느 쪽인데……?"

너무 어렵잖아? 갸루라는 거.

그런 이야기를 하면서 우리는 나카소네에게 다가갔다.

"자, 이게 메뉴야. 처음 한 잔은 공짜야. 입구에서 받은 티켓이랑 교환할 수 있어."

나카소네는 고맙게도 우리를 기다리고 있다가 그렇게 가르쳐줬다. 보니까 바 카운터 밑에 음료수 메뉴가 게시되어 있었다. ……그런데 해독이 불가능했다. 다 모르는 이름의 음료수들이었다. 서머 어쩌고, 푸시 저쩌고 하는 이름들.

그중에서 유일하게 잘 아는 이름인 콜라를 발견한 나는 그것을 주문했다. 그러자 금방 직원이 뒤쪽의 유리 냉장고에서 병 콜라를 꺼내더니 뚜껑을 따서 건네줬다.

그리고 옆에서는.

"우라라, 이건 뭐야?"

"아―. 그건 무알코올 칵테일이야. 내가 추천하는 메뉴는―."

"와, 맛있겠다. 그럼 그걸로 할래!"

토이로는 똑똑하게도 나카소네에게 자세히 물어보면서 음료수를 고르고 있었다. 코코넛 베이스에 감귤 시럽을 넣은 칵테일을 주문하더니, 셰이커를 흔드는 직원을 보고 "우와―" 하고 탄성을 발했다.

그 후 우리는 플로어의 빈 곳으로 이동했다. 안쪽에는 DJ 부스가 있었는데, 검은 머리 남자가 팔을 벌리고 이곳의 분위기를 띄우고 있었다. 그리고 그 앞에 있는 손님용 무대에서는 여자들이 음악에 몸을 맡기고 손을 치켜들면서 폴짝폴짝 뛰고 있었다. 사람이 너무 많은 데다가 모두 움직이고 있어서 그런지 플로어 안은 열기로 가득 차 있었다.

"좀 덥네."

내가 그렇게 말하자 토이로도 고개를 끄덕거렸다.

"블레이저도 보관함에 넣어두고 올게."

여기 들어올 때, 입구에 있는 열쇠 잠금식 보관함에 짐과 머플러를 넣어두고 왔었다.

내가 손을 내밀자, 토이로도 블레이저를 벗어서 나에게 건네줬다. 나는 힐끗 나카소네에게 시선을 옮겼다. 나카소네는 계속 DJ 부스만 바라보면서 "난 됐어"라고 짧게 대답했다.

나는 내 옷도 벗으면서 보관함 쪽으로 향했다. 플로어에 울려 퍼지는 음악이 내 귓가에서 좀 멀어졌을 때 휴 하고 한숨 돌렸다.

도대체 왜 이런 곳에 온 걸까……. 아니, 짚이는 것은 있었다. 서점에서 토이로와 나카소네가 대화할 때 DJ라는 단어가 나왔던 것이다. 그리고 그 후 우리는 여기로 왔다.

하지만 나카소네가 굳이 우리를 데려온 이유는 뭘까……?

나는 그런 생각을 하면서 보관함 속에 옷을 집어넣었다. 문을 잠그고 천천히 걸어서 플로어로 돌아갔다. 그런데 좀 전까지 내가 있었던 자리에 어느새 낯선 남자 두 명이 모여 있었다. 군복 바지를 입고 머리카락을 뾰족뾰족하게 세운 남자와, 긴 카디건을 걸치고 앞머리를 덥수룩하게 내린 남자였다.

"……어?"

자세히 보니 그놈들이 토이로를 헌팅하고 있는 듯했다.

"저기, 너 메이호쿠 학생이야? 혼자 왔어?"

"아, 메이호쿠라면 거기에 나랑 친한 선배가 하나 있는데? 요시무라 선배. 알아?"

"같이 저 앞으로 가자, 응?"

"아니, 그런데 너 진짜 예쁘다. 연락처가 궁금한데. 가르쳐주면 안 돼?"

두 사람이 연달아 속사포처럼 말을 걸자, 토이로는 난감해서 쓴웃음만 짓고 있었다.

나는 황급히 토이로 곁으로 돌아갔다.

"아, 저기요……. 우리한테 무슨 볼일이라도 있으세요?"

내 여자한테 손대지 마! 그렇게 말할 수 있으면 좋았을 텐데. 그 정도의 용기는 없었다.

"아, 어─. 남자랑 같이 왔어요?"

"미안. 실례했어요~."

속으로 좀 조마조마했는데, 다행히 둘 다 얌전히 물러나 줬다. 나는 남몰래 안도하면서 토이로를 돌아봤다.

"괜찮아?"

"와, 깜짝 놀랐어—. 마사이치, 고마워!"

"너 혼자 있었어?"

"응. 우라라가 화장실에 가는 바람에."

"아~."

하기야 이런 곳에 여자가 혼자 있으면 누군가가 접근하는 것도 당연한가.

"나한테서 너무 멀리 떨어지지 마."

그렇게 말한 직후에 나는 부끄러워졌다. 좀 과하게 잘난 척을 했나? 그래서 괜히 뺨을 긁적거리고 있었는데.

"으ᆞ응."

토이로가 내 셔츠 소매의 팔꿈치 부분을 손가락으로 살짝 붙잡았다.

"그, 그렇게까지 딱 달라붙을 필요는 없는데……."

"위험하니까."

토이로가 후후후 하고 웃었다.

"이러면 움직이기 불편하잖아."

"어머나, 마사이치 군. 넌 예쁜 여자 친구가 다른 남자한테 끌려가도 괜찮다는 거야?"

"그, 그건……."

물론 그건 싫었다. 예전 같으면 '뭐 어때, 임시 여자 친구잖아?'라는 농담 같은 말이 평소처럼 즉시 튀어나왔을지도 모르지만. 지금은 그런 말이 뇌리에 떠오를 여지도 없었다.

내가 아무 말도 못 하고 있는데, 토이로가 히죽 웃었다.

"지켜줘. 알았지?"

"……응."

내가 고개를 끄덕이자, 토이로가 기뻐하는 것처럼 내 옷을 잡은 손을 가볍게 흔들었다.

그런데 그때.

"어느새 너희들끼리 재미있게 놀고 있네?"

우리는 그쪽을 돌아봤다. 그러자 화장실에 다녀온 듯한 나카소네가 눈을 가늘게 뜨고 가만히 우리를 쳐다보고 있었다.

"우라라, 왜 이렇게 늦었어?! 초보자 둘만 남겨두고 가지 마!"라고 토이로가 말했다.

"응? 아— 미안, 미안. ……왜? 너희들, 무슨 일이라도 있었어?"

"네가 가고 나서 금방 헌팅을 당했단 말이야. 그런데 마사이치가 나타나서 구해줬어."

"뭐? 흐음. ……흐음—?"

나카소네는 놀라서 "흐음" 하고 소리를 내더니, 그 후 의외란 것처럼 "흐음?" 하고 중얼거리면서 나를 쳐다봤다.

"그래, 역시 남자 친구구나. 제법인데?"

"아니, 난 아무것도 안 했어……."

진짜였다. 그렇게 과대평가를 받을 만한 행동은 하지 않았다. 오히려 겁이 나서 조마조마한 심정이었다. 그런데 나카소네는 어쩐지 만족한 듯한 표정으로 고개를 끄덕이고 있었다.

"좋아, 계속 그런 식으로 무슨 일이 있으면 도와줘. 여기는 늑대들이 어슬렁거리는 곳이니까."

"으, 응. 아니, 그런데 너도 같이 있을 거잖아?"

아무래도 처음 와본 클럽이니까. 잘 아는 사람이 곁에 있어주지 않으면 불안했다.

토이로도 같은 심정일 것이다. 나카소네에게 도움을 청하는 듯한 시선으로 그쪽을 봤는데——그때 플로어에 흐르던 외국 음악이 끝났다. 지금까지와는 달리 후와아앙~ 하고 뭔가 SF 같은 효과음이 나더니 음악이 페이드아웃했다. 그와 동시에 쿵쿵쿵 하고 낮은 비트음이 울려 퍼지기 시작했다.

아마도 DJ 교대 시간인 것 같았다. 지금까지 플레이하고 있던 남자가 사람들을 향해 손을 흔들면서 스테이지에서 물러났다.

그리고 이미 스테이지 옆에서 대기하고 있던 남자가 양팔을 벌리며 스테이지 위로 올라왔다. 나카소네가 "앗" 하고 소리를 냈다. 사람들의 환호성과 더불어 비트가 폭발하면서 업 템포 인트로가 울려 퍼졌다.

"미안. 나 좀 다녀올게."

나카소네는 그렇게 말한 뒤 우리들 곁을 떠나 스테이지로 향했다.

"앗, 잠깐만——."

결국 또다시 나와 토이로가 단둘이 남게 되었다.

허둥거리는 내 옆에서 토이로는 방금 새로 등장한 DJ를 보더니 "저 사람은……" 하고 중얼거렸다.

"왜? 아는 사람이야?"

"응! 아마 저 사람은 우리 학교 3학년일 거야. 학교 축제 때 안뜰에서 DJ를 했는데, 그때 우라라가 혼자 저 사람을 뚫어져라 쳐다보고 있었어."

"아하, 저 사람이……."

'예의 그 사람'이라고 말하면 되는 걸까.

오늘 우리가 여기 온 목적은 틀림없이 저 사람과 관련이 있을 것이다.

스테이지를 보면서 음악에 몸을 맡기고 폴짝폴짝 뛰는 나카소네. 그 모습을 보면서 나는 생각했다. 아마도 나카소네는 저 사람을——.

완벽하게 세팅된 갈색 파마머리. DJ 부스에서 슬쩍 보이는 몸을 보면, 키가 크다는 것을 확실히 알 수 있었다. 그리고 화룡점정은 조그마한 얼굴 윤곽과 곧게 뻗은 콧날, 또렷하고 커다란 눈. 마치 아이돌처럼 고운 얼굴이었다.

저러고도 인기가 없으면 대체 누가 인기가 있는데?! 그런 말이 튀어나올 정도로 잘난 얼굴이었다. 그 증거로 사람들은 크게 열광하고 있었고, 무대 옆에는 좀 전까지는 없었던 여자애들이 모여 있었다.

나카소네. 넌 아무래도 꽤 험난한 가시밭길로 들어가려는 것 같구나.

……그런데 우리가 여기에 끌려온 이유는 뭘까?

한동안 나와 토이로는 음료수를 마시면서 그 DJ의 공연을 구경하고 있었다.

"저기, 있잖아. 춤출래?"

"너 춤출 줄 알아?"

"그냥 즉흥적으로 추는 거지, 뭐."

그러더니 토이로가 재빨리 플로어로 뛰쳐나갔다. 그리고 뿡뿡 소리가 나는 전자음에 맞춰 손을 치켜들고 흔들흔들 춤을 추기 시작했다.

"야, 사이키델릭 본오도리야? 그만해."

아까 북 치는 게임을 할 때도 봤거든? 그거.

"아하하, 하하."

민망했는지 주위를 두리번두리번 둘러보더니 얼른 내 곁으로 뛰어오는 토이로. 대체 뭐 하는 거야……?

그렇게 우리가 참으로 클럽 초보자다운 행동을 하고 있는데, 두 곡이 끝났을 때 나카소네가 이쪽으로 돌아왔다.

"아, 미안해. 같이 왔는데 내버려 둬서."

"응? 아냐, 괜찮아ㅡ."

토이로가 머리를 옆으로 흔들자, 나카소네는 안도한 것처럼 표정을 풀었다.

"저기서 DJ로 일하는 선배가 오늘 너의 목적이야?"

"응. 아야베 선배야."

"평범한 팬은 아닌 것 같네. 아는 사이야?"

"응. 뭐, 그렇지."

"진짜ㅡ? 그런 이야기는 처음 듣는데ㅡ. 우라라, 너의 연애 이야기는 좀 더 빨리 듣고 싶었어."

"……아니, 저 사람은, 그런 게 아니라ㅡㅡ."

그렇게 말하면서 나카소네는 아야베 선배 쪽으로 시선을 돌렸다.

황홀하게 그를 바라보는 눈동자. 플로어에서 이리저리 퍼지는 빛이 그 눈동자에 반사되어 반짝반짝 빛났다.

"저기, 괜찮다면 이야기해주지 않을래? 아야베 선배님에 관해서."

그런 토이로의 부탁에 나카소네는 여전히 저쪽으로 얼굴을 돌린 채 고개를 끄덕거렸다.

"……나 말이야. 중학교 때 이쪽으로 전학을 왔잖아? 그래서 솔직히 말하자면 처음에는 주변 환경에 잘 적응하지 못했어. 토이로, 너를 만난 다음부터는 하루하루가 즐거워졌지만……. 하지만, 뭐랄까. 정말로 허물없는 친구? 같이 있을 때 진심으로 즐거워지는 친구는 아무래도 적었거든. 지금은 너와 카에데와 마유코 정도밖에 없어."

"응, 평소와 같은 최강 멤버들이네."

"맞아. 아무튼 그래서, 방과 후라든가 그런 때는 난 상당히 심심했어. 왜냐하면 너희들은 다 바쁘잖아? 카에데는 카스카베한테 착 달라붙어 있고, 마유코도 늘 아르바이트하느라 바쁘고. 토이로도 고등학교 입학한 지 얼마 후에는 남자 친구를 사귀기 시작했으니까."

"아―, 미안해. 난 당연히 우라라, 너하고도 엄청나게 같이 놀고 싶은데. 알지?"

"어휴, 그래. 사과할 필요 없어. 나도 네가 남자 친구를 우선했으면 좋겠는걸. 게다가 이러니저러니 해도 우리는 같이 잘 놀고 있잖아?"

자신을 와락 끌어안는 토이로의 머리를 가볍게 쓰다듬어주는 나카소네.

"아무튼 그래서 말이지. 여름방학이 시작되기 전에는, 중학교 때 가끔 같이 놀았던 친구들의 모임에 적당히 참가하기도 했었는데. 그것도 왠지 재미없네― 하는 생각이 들기 시작했거든. 그런 상황에서 저 사람을 만난 거야. 그래, 마침 우리가 해변 식당에서 아르바이트를 하기 직전에."

"아, 그 아르바이트를 하기 직전에……."

토이로가 그렇게 같은 말을 되풀이했다.

"응. 우리는 길거리에서 만났는데. 아마 처음에는 헌팅 같은 느낌이었을 거야. 아무튼 상대가 말을 걸었고, 나도 심심하니까 이야기를 좀 했거든. 그러다가 같은 학교 학생이란 것을 알게 되었어. 상대는 3학년이고, 그 당시에는 이쪽보다는 좀 더 여유가 있는 느낌이었어. 이야기하다 보니 왠지 모르게 기분이 좋아지더라고. 이때 나는 요즘 하루하루가 심심하다는 이야기를 했어. 그러자 상대가 '내가 너를 즐겁게 해줄게'라고 말하는 거야. 그래서 그다음 날에도 만나게 되었고. 이 클럽을 소개받았어."

나는 말없이 귀를 기울이고 있었다. 아마도 나카소네는 토이로에게 이야기하고 있을 테니까 내가 맞장구를 치면 안 될 것 같단 말이지……. 으음, 뭔가 좀 어렵다.

"이 클럽에 오면 심심하진 않아. 적당히 아는 사람도 많이 생겼고. 아니, 그보다도 여기 오면 아야베 선배를 만날 수 있다고 생각하니까, 매일 아침 눈을 뜨는 순간부터 기분이 좋아지게 되었어."

"우와! 뭐야, 좋은데? 아주 좋아. 그건 사랑이잖아?"

토이로가 기뻐하면서 들뜬 목소리로 말했다.

그러자 나카소네는 토이로를 보면서 희미한 미소를 지었다.

"사랑? 응, 그럴지도 모르지만……. 이것은 일방통행 같은 거야. 짝사랑이라고.”

“어, 정말……?”

“응. 선배는…… 지금 꿈을 이루기 위해 노력하고 있으니까.”

다시 시선을 돌려 스테이지 쪽을 바라보는 나카소네.

“꿈? DJ 말이야?”라고 물어보는 토이로.

“응. 처음 만났을 때부터 저 사람은 노력하고 있었어. 클럽이란 공간을 좋아하고, 그곳에 와주는 사람들을 모두 다 행복하게 해주겠다는 목표를 가지고 있었어. 그래서 나를 클럽에 데려온 거였구나 하고 깨닫게 되었는데. 하지만 역시 꿈을 이루기 위해 노력하는 선배는 반짝반짝 빛나는 것처럼 보여서, 눈을 뗄 수가 없었어.”

목표를 가지고 꿈을 이루기 위해 노력한다…….

나는 놀라서 저쪽을 바라봤다. DJ 부스 안쪽에서 손목을 돌리듯이 움직이고 있는 아야베 선배를.

뭔가를 위해 노력하는 사람이 저기에도 있었다. 아, 그렇구나 하고 생각했다. 꿈을 좇는 것도 일종의 자기 개발이다.

“우라라. 너는 그 꿈을 응원하고 있는 거구나―?”

“응. 뭐, 정확히 말하자면 노력하는 선배를 방해하고 싶지 않다는 거야.”

그렇게 말하더니 묘하게 아련한 눈빛으로 선배를 쳐다

보는 나카소네. 그러다 갑자기 짝! 하고 손뼉을 치며 이쪽을 돌아봤다.

"아, 그런데 선배가 말이지, 나더러 제일 가까운 곳에서 봐 달라고 했어."

"뭐? 잠깐만, 그건!"

"응! 클럽의 영업이 끝나고 단둘이 만나게 됐을 때. 자신이 꿈을 이루는 모습을 계속 옆에서 지켜봐 달라고 했어."

"우와! 게임 끝났네, 그러면 넌 이미 이긴 거야."

꺅─! 하고 소리를 내면서 나카소네의 손을 잡는 토이로. 나카소네도 기쁘게 웃으면서 이에 응했다. 그리하여 가슴 앞에서 양손을 모아 붙잡고 있는 포즈가 되었다.

"어, 그러니까. 지금은 대충 그런 상황인데."

"응, 응, 이해했어. 정말 좋은 이야기를 해줘서 고마워. 그런데 다 처음 듣는 이야기였어. 왜 지금까지 가르쳐주지 않은 거야?"

"으음─, 글쎄. 말하자면 내 이야기는, 아직 사랑 이야기의 '사' 수준도 못 된다고 생각했거든. 기본적으로는 클럽에서 잠깐 만날 뿐이니까. 너희들처럼 어딘가에 같이 놀러 가거나, 이러저러하게 관계가 진전되거나─ 하는 가슴 설레는 이야기는 없단 말이야."

"뭐─? 아니, 그래도 좋으니까, 이야기를 듣고 싶은데!"

"응, 고마워. ……그런데 역시 내 동경의 대상은 토이로거든. 토이로와 마조노처럼, 언젠가는 소중한 사람과 소중한 시간을 보낼 수 있게 되고 싶다고 생각해."

"우와, 뭐야, 우라라. 갑자기 그런 말을 하면 부끄럽잖아."

진짜다. 괜히 나까지도 심장이 좀 두근거렸다.

"어, 아무튼 이런 이야기를 들었으니, 앞으로 어떻게 될지도 너무너무 궁금해! 그러니까 다음에 또 학교에서도 이야기해줘" 하고 토이로가 말했다.

"응. 할게. 이야기할게."

"약속한 거야!"

아무래도 아야베 선배와의 첫 만남에 관한 이야기는 이걸로 끝난 것 같았다. 슬슬 이야기를 마무리하는 듯한 대화가 오가고 있었다.

그제야 겨우 나는 이 이야기에 끼어들 기회를 얻었다.

"어, 저기, 그래서? 우리를 여기 데려온 이유는 뭐야……?"

그러자 나카소네가 나를 쳐다봤다. 이어서 토이로를 보더니 헉 하고 눈을 크게 떴다.

야. 사랑 이야기에 푹 빠져서 진짜 목적을 잊어버린 거냐.

"아, 그래, 그거 말인데. 슬슬 토이로에게 선배에 관한 이야기를 하고 싶다고 생각하기도 했지만, 그 외에도 또하나, 부탁하고 싶은 것이 있거든…….""

"응! 내가 할 수 있는 일이라면 뭐든지 좋으니까 말해봐."

"정말 고마워. ……어— 그러니까. 이따가. 선배의 공연이 끝나면, 내가 아는 스태프한테 부탁해서 대기실에 들여보내 달라고 할 거거든. 그때 토이로가 팬인 척하면서, 내가 없을 때 적당히 기회를 봐서 선배에게 좀 물어봐 줬으면 좋겠어. 크리스마스에 어떤 선물을 받고 싶은지.”

“아, 그거구나! 깜짝 선물!”

“맞아! 선배를 깜짝 놀라게 해주고 싶어서 이것저것 생각해봤는데, 뭘 주면 좋을지 정말로 모르겠더라고……. 그 사람은 음악 말고는 관심이 없어 보이거든.”

“아, 그럼 서점에서 음악 잡지를 살펴봤던 것도…….”

“응……. 뭔가 좋은 선물이 없을까, 찾아보던 거였어.”

나카소네는 미간을 찌푸리고 씁쓸한 표정을 지었다.

“흠, 그래그래. 알았어, 알았어! 나한테 맡겨—!”

그러더니 토이로는 자신 있게 자기 가슴을 탁 쳤다.

“고마워. 토이로. 정말 네 덕분에 살았어.”

나카소네가 공손히 절하는 시늉을 하자 토이로는 아하하 웃었다. 교실에서도 자주 보는 광경. 사이가 좋은 두 사람이었다.

이 클럽에 끌려오고 나서 많은 것들이 밝혀지게 되었다. 나카소네의 사랑 이야기, 그리고 현재진행형인 고민거리까지도.

그리고 그것을 알게 된 상황에서 나는 홀로 생각에 잠겼다.

——역시 나는 여기 따라올 필요가 없지 않았나……?

*

"『글쎄—? 역시 제일 필요한 것은 옷이려나? 아르바이트 해서 번 돈은 DJ 기기나 노래를 준비하는 데 써버리니까, 아무래도 패션 쪽에는 소홀해지는 경향이 있거든. 아, 하지만 실은 마음만으로도 충분히 기뻐. 정말 최고야. 고마워!』—라고 하셨습니다."

"와, 선배 그 자체인데?"

토이로는 아야베 선배에게서 알아낸 정보를, 수준 높은 성대모사까지 해가면서 충실하게 나카소네에게 보고했다.

"그런데 옷이라니. 그건 전혀 생각을 안 해봤는데……."

나카소네는 마치 큰 깨달음을 얻은 것처럼 놀란 표정을 짓더니, 생각에 잠기면서 시선을 떨어뜨리고 손가락으로 턱을 받쳤다.

그대로 한동안 그 포즈를 유지하다가, 갑자기 헉 하고 입을 벌리며 우리를 쳐다봤다.

"앗, 저기, 미안해. 오늘은 고마웠어. 진짜로. 정말 큰 도움이 되었어. 나 혼자서는 몰랐을 거야. 평생 음악 잡지만 보면서 끙끙거렸을 게 뻔해."

"어휴, 고맙긴 뭐가 고마워. 참 잘됐다. 아무튼 옷은 열심히 골라야겠네?"

"응, 그거라면 걱정하지 마. 생각을 좀 해봤는데, 그 사람이 입어줬으면 하는 옷은 얼마든지 있으니까. 오히려 잘 됐지, 뭐."

"그래? 다행이다."

마주 보고 웃으면서 한 손으로 하이파이브를 하는 토이로와 나카소네.

이로써 나카소네에게 받은 긴급 퀘스트는 무사히 클리어했다.

집으로 돌아가는 길.

나카소네는 선배를 기다린다고 했으므로, 나와 토이로는 그 녀석과 헤어져 둘이 클럽을 빠져나와 귀로에 올랐다. 우리는 어느새 완전히 어두워진 주택가를 걸었다.

스쳐 지나가는 어느 집의 앞마당에는 골드크레스트 윌마 화분이 놓여 있었다. 전구로 장식돼서 알록달록한 빛이 깜빡거리는 화분이었다.

그것을 본 토이로가 너무나 자연스럽게 한마디 했다.

"곧 크리스마스구나—."

이것은 기회다. 그렇게 생각했다.

그동안 쭉 타이밍을 노리고 있었는데, 기회는 지금밖에 없었다. 나는 조용히 꿀꺽 하고 침을 삼켰다.

이것은 성스러운 하루를 토이로와 함께 보내기 위한 진

정한 첫걸음.

"어—…… 그리고 보니 토이로. 너 24일이나 25일에 시간 있어?"

내가 그렇게 물어보자, 토이로는 깜짝 놀란 것처럼 내 얼굴을 쳐다봤다.

"응…… 응! 당연히 시간 있지!"

"아, 다행이다. 그럼 나와——."

"응, 기대된다!"

"아직 끝까지 말하지도 않았는데……."

12월 24일, 크리스마스이브 날.

나는 가까스로 토이로와 약속을 잡는 데 성공했다.

데이트 당일까지 해야 할 일과 결정해야 할 일은 많이 있었다. 꼭 어떻게든 해내야지. 나는 속으로 새삼스레 그렇게 다짐했다.

방과 후. 나는 학교에 남아야 했다.

이렇게 말하면 마치 시험 성적이 나빴거나, 뭔가 잘못을 해서 선생님한테 혼나게 된 것처럼 느껴지는데.

음, 그러면? 방과 후 누군가가 나를 불러냈다고 하면 될까?

아니, 그렇게만 말하면 이번에는 또 뭔가 새콤달콤한 청춘의 향기가 느껴지는 것 같지 않은가. 러브레터를 받았더니 "체육관 뒤에서 기다릴게"라고 적혀 있었다든가 하는 식으로.

하지만 그건 진짜 아니다. 누가 나를 불러낸 것은 사실이지만, 이번에 나를 불러낸 사람은 선생님이다. 그런데 이러면 또 내가 무슨 잘못을 한 것 같지 않은가.

그렇다면 괜히 빙빙 돌려 말하지 말고, '면담'이란 한마디로 끝내면 되지 않을까──.

나는 복도에 서서 멍하니 그런 생각을 하고 있었다.

2학년 때부터의 코스 선택을 앞두고 이번 주 월요일부터 금요일까지 방과 후 담임과의 면담이 진행되고 있었다. 나카소네와 같은 날을 선택한 토이로와는 다른 날이 되어버려서, 나는 지금 홀로 이 복도에서 내 차례가 되기를 얌전히 기다리고 있었다. 일부러 면담 예정 시각 5분 전에 왔는데…… 아무래도 시간이 뒤로 밀리고 있는지, 먼저 들어가 있는 사람이 좀처럼 나올 기미가 안 보였다.

지금은 16시 30분이 좀 넘은 시각이었다. 운동장 쪽으로 난 교실 창문에서는 비스듬한 햇빛이 비쳐 들어오는 시간대인데, 복도 창문 밖을 보면 아직도 파란 하늘이 멀리 펼쳐져 있었다.

그때 달리기를 하는 축구부 학생들이 안뜰을 지나갔다. 벤치에 앉아 있던 여자 두 명이 손을 흔들자, 달리는 학생 중 몇 명이 똑같이 손을 흔들어줬다.

나는 그런 사소한 일상의 한 장면을 몰래 훔쳐보는 듯한 기분으로 지켜보고 있었다. 그런데 그때.

"뭐 해? 나리."

갑자기 뒤에서 누가 말을 거는 바람에 화들짝 놀랐다.

요새는 이런 호칭으로 나를 부르는 사람이 사루가야 말고도 또 있었다. 그 녀석을 흉내 내서 신나게 그런 호칭을 사용하는 사람이 하나 있는 것이다.

"뭐야, 너 오늘 면담이었어?"

나는 계단으로 올라온 듯한 마유코에게 그렇게 물어봤다.

"아니. 오늘은 동아리 활동을 하는 날이야. 그런데 깜빡하고 교실에 뭘 두고 와서 가지러 왔어."

"교실? 지금은 못 들어가는데. 개인 면담 중이라서."

"앗, 맞다. 깜빡했다!"

'으억' 하고 입을 일그러뜨리는 마유코. 망가진 표정이 일품이구나.

"지금 안에 있는 사람의 면담이 끝나면, 잠깐 들어가도 되지 않을까?"

"아, 그러네—? 그럼 기다릴까."

그러더니 마유코는 폴짝 뛰어 내 옆에 나란히 섰다. 그리고 복도 벽에 몸을 기대었다.

"…………."

"…………."

"……나리, 아무 이야기나 해보자."

1분도 안 지났는데 침묵을 못 견디겠는지 마유코가 그렇게 나에게 말을 걸었다. 나는 이대로 내 면담 차례가 올 때까지 얼마든지 기다릴 수 있었는데.

이야기하자고? 하지만 무슨 이야기를 해야 할지…….

"어—…… 아, 저기. 너 동아리 활동도 해?"

"으하하하. 뭐야, 그걸 왜 아까 그 타이밍에 물어보지 않았는데? 너 실은 관심이 없는 거지?"

"아, 아니, 그건…….."

"네 눈동자가 마구 흔들리고 있는데? 아, 참고로 나는 다도부야. 매주 월요일에만 활동하는 동아리지만."

"흠, 그래? 그랬구나."

토이로의 주변 사람 중에서는 나카소네가 일단 테니스부 (유령 회원에 가깝다고 하지만)라는 것 정도밖에 몰랐다.

마유코가 다도부라니…….

"……저기, 다도부는 말이야. 기모노 같은 것도 입는 거지?"

"어, 맞아. 뭔가 이벤트가 있는 날에는 입긴 하지? 두 달에 한 번, 다도 선생님이 와주시는 날이라든가."

"오."

기모노를 입은 마유코. ……잘 상상이 되지 않는데. 안 어울릴 거라는 이야기는 아니지만. 뭔가 좀, 스포티한 옷차림이 좀 더 이미지에 잘 맞는다는 느낌이 들었다.

내가 그런 생각을 하고 있는데 마유코가 히죽히죽 웃는 얼굴로 이쪽을 봤다.

"아, 나리. 기모노란 이야기를 듣고 뭔가 이상한 상상을 했지? 응?"

"아니야. 상상을 못 했어."

"못 했다고?!"

마유코가 팔꿈치로 콱 하고 내 팔뚝을 찔렀다. 죄송합니다.

"나 참……. 그래, 마조놋치는 오로지 토이롱한테만 관심 있으니까."

"아, 맞아, 그거야! 그 말이 정답이야. 그러니까 다른 여자가 기모노를 입은 모습을 상상한다는 것은, 좀 나쁜 짓인 거지."

"뭐야? 갑자기 수상해지는데."

그러더니 마유코는 또다시 나를 보고 웃어줬다.

역시 마유코는 내가 단둘이 이야기해도 어떻게든 대화를 이어갈 수 있는, 토이로를 제외하면 거의 없는 거나 마찬가지인 특별한 여자였다. 긴장하지 않고 편하게 대할 수 있었다.

"그런데 마조놋치. 넌 토이롱에게 줄 크리스마스 선물은 이미 생각해 놓았어?"

"아니, 아직……."

며칠 전에 겨우 크리스마스에 같이 놀 약속을 잡아놓은 상태였다. 뭐, 아무튼 이제 슬슬 선물도 정해야 할 텐데…….

"그러는 너야말로 어때? 사루가야한테 뭔가 줄 거야? 아니, 그 전에. 크리스마스에는 사루가야와 같이 놀 수 있을 것 같아?"

그러고 보니 사루가야가 마유코랑 만날 약속을 잡고 싶다는 이야기를 했었다. 그 일은 어떻게 되고 있는 걸까.

"응, 그게 말이지! 실은 사루가야가 먼저 나한테 같이 놀자고 해줬어. '마유코, 크리스마스에는 뭐 할 거야?' 하고. 나 진짜로 깜짝 놀랐어! 너무 기뻤어!"

"오, 진짜? 잘됐네!"

사루가야도 순조롭게 마유코에게 접근하고 있는 것 같았다. 왠지 모르게 나까지도 안심이 되는 기분이었다.

"응, 다행이야! 진짜로! 그런데 실은 나도 선물은 뭐로 할지 고민 중이야. 걔가 뭘 원하는지 전혀 모르겠거든."

"아—……."

사루가야가 원하는 것……. 젠장, 야한 책이나 성인용 DVD밖에 생각이 안 난다. 그 녀석이 평소에 갖고 싶어 하는 것은 보통 그런 것들이니까.

하지만 그런 이론을 적용한다면, 토이로는 언제나 만화책이나 라이트노벨 같은 것을 가지고 싶어 한다. 그 외에는 과자도 좋아하고. 하지만 이번에 그런 것을 선물하는 것은 문제가 있다고 본다.

우리가 올해 맞이하는 크리스마스는 커플로서의 첫 크리스마스다. 물론 아직은 일단 '임시' 커플이지만. 그 점을 생각하면, 지금까지와 같은 방식으로 하면 안 될 것 같았다.

"이것저것 알아봤는데 말이지—. 어, 알다시피 우리는 아직 커플은 아니니까……. 너무 부담스럽지 않은 가벼운 선물이 좋지 않을까— 하는 생각도 들고."

반대로 마유코는 아직 연인 미만인 상황에서 선물을 고르느라 고민하는 것 같았다.

"아—, 하긴, 너무 기합이 들어간 비싼 선물을 받으면 부담스러울지도 몰라."

"응, 맞아. 그렇다니까! 하지만 돈이 안 들어가는 선물을 고르려면 오히려 센스가 필요해진단 말이야. 마조놋치, 너희들은 좋겠다ㅡ. 사귀는 사이면 이것저것 선택의 여지가 늘어날 것 같은데. 안 그래?"

"그런가? 예를 들면?"

"어, 그러니까 그런 거. 역시 커플 아이템 같은 거? 커플 액세서리라든가. 이것도 커플끼리는 괜찮은데 말이지. 사귀지 않는 사람들 사이에서는 좀 부담스럽게 느껴지지 않을까ㅡ 하는 생각이 들거든. 아니, 물론 내가 받으면 무척 기쁠 테지만?"

"액세서리라…….."

"목걸이나 팔찌 같은 거. 토이롱은 틀림없이 기뻐할 거라고 생각해."

"그렇구나…….."

나는 액세서리를 해본 적이 없어서 잘 모르겠지만, 토이로는 실제로 자주 귀걸이나 목걸이나 팔찌를 착용하곤 했다.

그래, 확실히 토이로는 기뻐할 것이다. 하지만 토이로라면 정말로 갖고 싶은 액세서리는 이미 스스로 사지 않았을까.

……오직 나만 선물할 수 있는 것, 그런 것이 뭔가 없을까?

그때 교실 문이 열리더니 면담하던 사람이 나왔다. 마유코와의 대화도 끝났다.

마지막으로.

"사루가야는 패션에도 꽤 관심이 있으니까, 옷 같은 것을 선물하면 좋아할지도 몰라. 혹시 사이즈를 몰라서 알아봐야 한다면, 그건 내가 도와줄 수 있어."

그냥 참고만 하라고 마유코에게 그런 말을 해줬다.

"나리……. 고마워, 너 좋은 녀석이구나. 우리 둘 다 힘내자."

그러더니 마유코가 주먹을 쑥 내밀었다. 우리는 툭! 하고 가볍게 서로 주먹을 부딪쳤다.

왠지 나한테 안 어울리는 짓을 하는 것 같은데…….

나는 그런 생각을 하면서도, 나름대로 청춘의 행동을 해냈다는 흥분감을 가슴속에 품은 채 기분 좋게 교실로 들어갔다.

내가 문을 닫은 후. 복도에서 마유코의 목소리가 들려왔다.

"앗, 잠깐만! 난 물건을 찾으러 온 거였는데!"

*

결국 면담에서는 특별한 이야기는 하지 않았다.

『자, 마조노. 뭔가 고민거리는 있니? 아―, 아니, 아니. 꼭 진로에 관해서만 물어보는 게 아니거든? 뭐든지 괜찮아. 동아리 활동, 가정 사정, 학원 생활. 그리고 연애 이야

기나 근육에 관한 이야기라도 괜찮아. 뭐든지 다 상담해
봐, 들어줄게.』

체육 교사인 마스츠루 담임선생님은 내가 자리에 앉자
마자 그런 말을 꺼냈다. 하얀 이를 드러내면서 나를 향해
싱긋 웃었다.

『어—……. 하고 싶은 말은 딱히 없는데요.』

『어휴, 그렇게 사양하지 말고. 뭐든지 괜찮다니까? 친구
관계, 아르바이트하는 곳에서의 상하 관계, 벌크업을 할
때 운동과 휴식의 밸런스 등등.』

『어—……. (당신에게 물어보고 싶은 것은) 딱히 없는
데요.』

『아, 아니, 왜 이렇게 무뚝뚝하니……?』

나는 담임 운이 없구나……. 도대체 언제쯤 되면 정상적
인 진로 상담이 시작되는 걸까?

지금까지 쭉 면담 시간이 뒤로 밀렸던 이유를 왠지 모르
게 알 것 같았다.

그리고 진로에 관해서는 고민하고 있지만, 그래도 담임
한테 이야기해서 해결할 만한 문제도 아니었다.

마음씨가 착하다고 해야 하나, 오지랖이 넓다고 해야 하
나. 아무튼 그만큼 학생에게 신경을 써주는 선생님일지도
모르지만…….

나는 영혼 없는 쓴웃음 기술을 구사하면서, 가능한 한

시간을 끌지 않고 오로지 이 면담을 끝내는 데 집중했다.

승강구에 도착하니 어느새 이 일대의 풍경이 노을빛으로 물들어 있었다.

그 붉은 풍경 속에서, 고정된 유리문에 기대어 서 있는 검은 그림자가 눈에 띄었다.

저 녀석은…….

그때 그 녀석이 민감하게 시선을 감지하고 이쪽을 돌아봤다. 그리고 유리 너머로 가볍게 손을 들어 인사했다.

역광이라 보이진 않았지만, 아마도 그는 미남답게 상쾌한 미소를 짓고 있을 것이다.

내가 밖으로 나가자, 그 인물——카스카베는 예상대로 나에게 말을 걸었다.

"혼자야? 너도 오늘이 면담하는 날이었나 보네."

"……아, 나 다음다음이 후나미였지. 어쩐지."

"응, 맞아. 그래서 이렇게 착실하게 여자 친구가 돌아오기를 기다리고 있는 거야. 오늘은 동아리 활동이 쉬는 날이거든. ……토이로는?"

"오늘은 친구와 함께 먼저 돌아갔어."

신발 뒤꿈치 부분을 정리한 뒤 걸어가려고 했는데.

"시간 때우는 것 좀 도와줘. 카에데는 너 다다음이라며?"

또다시 그가 그렇게 나를 붙잡았다.

시간 보내는 거야 스마트폰 하나만 있으면 충분하다고 생각하는데…….

"아니, 별로 하고 싶은 이야기도 없고……."

"그냥 적당히 떠드는 거지, 뭐. 면담은 어땠어?"

나는 은근슬쩍 거절하려고 했지만 그게 안 통했다. 카스카베는 이야기를 계속했다.

둔감한 건가, 아니면 다 알면서 일부러 그러는 건가…….

뭐, 사실 이다음에 특별한 용건이 있는 것은 아니었다. 나 혼자 생각이나 하면서 천천히 집으로 걸어 돌아갈 예정이었다. 그러니까 좀 늦어져도 상관없었다.

나는 어쩔 수 없이 멈춰 섰다.

"면담이라고 해봤자 뭔가 의미 있는 이야기를 한 것은 아니야. 혹시 고민은 없느냐, 장래의 꿈은 있느냐, 희망 진로는 정해져 있느냐, 뭐 그런 이야기였어. 전부 다 네, 아니요로 대답하고 끝냈어."

"뭐야, 교사랑 싸워서 최단 시간으로 공략하는 것이 너의 목표였어?"

그러더니 카스카베는 웃었다.

"아무튼 그러니까. 아마 후나미도 금방 나올걸?"

그럼 난 이만 가볼게. 그렇게 말하고 떠나갈 타이밍이었는데.

"아니, 잠깐만. 그러지 마. 네 다음이었던 녀석과 카에데가 그렇게까지 면담 최적화가 되어 있으리란 보장은 없잖아? 어, 그래서 2학년 때 코스는 어느 쪽을 선택할 거야?"

이처럼 카스카베는 계속 이야기를 이어갔다. 이 녀석……. 어찌 보면 의외로 나를 다루는 방법을 잘 아는 걸지도 모른다.

"코스는 아마 문과일 것 같은데……. 하지만 장래의 진로도 아직 정하지 않았고, 실은 이과여도 상관없긴 해."

"아, 그래? 이과로 가면 나와 같은 반이 되지는 못하겠네."

"같은 반이 되면 친구가 되어주려고? 점심을 같이 먹어 줄 거야?"

"하하하. 내가 그러자고 하면 네가 거절할 거잖아?"

정말로 잘 알고 있구나. 농담이 통하는 녀석이라 다행이다.

"너는 문과야?"

"뭐, 그렇지. 이과 수업은 나한테는 어렵거든. 그리고 내 진로를 생각해도 문과가 더 잘 어울리는 것 같아."

"진로를 정했어?"

나는 궁금해져서 나도 모르게 적극적으로 물어봤다. 그러자 카스카베는 싱긋 웃더니 "응" 하고 고개를 끄덕였다.

"일단은 미용사가 되고 싶어. 그래서 전문학교에 들어갈 생각이니까, 공부는 적당히 해도 될 것 같아."

"미용사인가……."

나는 무심코 그 말을 되풀이했다. 그것이 카스카베의 꿈인가 보다.

직감적이긴 해도 '잘 어울린다'란 생각이 들었다. 솔직히 말하자면.

"미용에 관해 많이 배워서, 지금보다 좀 더 멋있어지고 싶어. 내 여자 친구인 카에데를 위해서. ──그리고 나처럼 자기 자신을 바꾸고 싶어 하는 사람을 도와주고 싶어. 그렇게 하고 싶은 일이 확실히 정해지니까, 금방 내가 원하는 직업도 정해졌어."

학교 축제의 무대에서 환하게 빛나던 카스카베의 표정이 문득 뇌리에 떠올랐다.

그는 이상적인 자기 자신이 되기 위한 노력을 아끼지 않는다. 그렇기 때문에 성공하는 미래가 이미 보이는 것 같았다.

"굉장하다……."

나는 무의식중에 조그맣게 그런 말을 중얼거렸다.

"응? 뭐라고?"

들리지 않았나 보다. 카스카베가 다시 물어봤다.

그런데 그때.

"저기요, 두 분. 사이가 좋아 보이시네요."

계속 열려 있는 유리문 쪽에서 후나미가 나타났다. 비단 실처럼 사르르 흘러내리는 검은 머리카락이 바람에 날려 부드럽게 춤을 췄다. 나와 눈이 마주치자 상대는 "안녕?" 하고 가볍게 손을 들었다.

"고생했어. 빨리 끝났네?" 하고 카스카베가 말했다.

실제로 내 예상보다도 빨랐다. 아마 후나미도 그 근육덩어리 교사를 최단 시간 내에 공략하고 온 것 같았다.

"혹시 내가 너희의 대화를 방해한 거야?"

"아냐, 괜찮아. 그냥 잡담이나 하고 있었어."

기다리던 사람이 드디어 왔구나! 하고 카스카베가 그동안 쭉 서 있던 유리문 옆에서 벗어났다. 후나미는 자연스러운 동작으로 그 옆에 섰다. 카스카베에게 가까이 달라붙듯이.

정식으로 사귀기 시작한 두 사람은 사이좋게 잘 지내는 것 같았다.

저 두 사람 뒤에서 어슬렁어슬렁 따라가듯이 걷기도 좀 뭐했다. 그래서 나는 먼저 교문 밖으로 나가려고 한 발 앞으로 내디뎠다.

"가려고?" 하고 카스카베가 말했다.

"응. 그랑프리 커플과 같이 있으면 너무 눈에 띄어서 피곤하니까."

지나가는 사람들이 모두 다 힐끔힐끔 카스카베와 후나미를 보고 있었다. 그 따가운 시선이 애꿎은 나한테도 느껴질 정도였다. 하기야 메이호쿠 축제 이후로 시간이 그렇게 많이 지난 것은 아니니까.

"글쎄, 준우승자인 너도 별로 다르지 않잖아?"

후나미가 손가락을 자기 뺨에 대면서 말했다.

"아니야, 여기서는 '우승'과 '그 외'밖에 없어. 그 대회에서는 2등 선출을 아예 안 했잖아. 입상자도 아닌 우리는 그냥 일반 참가자일 뿐이야."

"그건 아니지 않아? 다들 너희가 2등이라고 생각하고 있어. 토이로는 알 거야. 엄청나게 소문이 났거든. 그 정도로 너는 화끈한 퍼포먼스를 선보였어."

후훗 하고 재미있다는 듯이 웃는 후나미. "사랑이 담긴 퍼포먼스였지" 하고 카스카베도 한마디 덧붙이는 바람에 나는 얼굴이 급격히 뜨거워졌다.

내가 좀 심하게 몸을 내던졌나……

아니, 하지만, 처음부터 눈에 띄는 것이 목적이었다. 토이로를 돕는다는 가장 중요한 목표는 달성했을 것이다. 그래, 그거면 되는 거잖아.

나는 두 사람을 적당히 무시하고 넘어가는 것처럼 손을 가볍게 흔들고 걸음을 뗐다.

그렇게 두 걸음, 세 걸음 걷다가, 문득 생각나는 것이 있어서 힐끔 뒤를 돌아봤다.

"고마워."

내가 그렇게 한마디 하자, 카스카베는 의아한 표정을 지었다.

"응? 뭐가?"

"어, 그건——……. 나랑 잡담해줘서 고맙다고."

그 녀석은 더더욱 이해가 안 간다는 표정을 지었다. 하지만 나는 거기서 이야기를 끝내고 이번에야말로 제대로 걷기 시작했다.

모든 것을 다 이야기할 필요는 없을 것이다. 부끄럽기도 하고, 내 마음속에서도 아직 정확한 말로 표현할 수가 없으니까.

다만 학교 축제 때에도 그랬고, 오늘도 그랬듯이.

어떤 목표를 정해놓고 노력하는 카스카베의 모습이 자신에게 영향을 주는 것은 확실한 듯했다.

사실 오늘은 혼자 고민하면서 집으로 걸어 돌아갈 예정이었다. 앞으로 내가 어떻게 해야 할지를.

크리스마스를 앞두고——자신 있게 토이로에게 내 마음을 확실히 전달하기 위해서——.

하지만…… 실은 앞으로 어떻게 해야 하는가가 문제가 아니라, 자신이 애초에 무엇을 하고 싶은가가 중요한 걸지도 모른다.

그렇게 생각하면서 걷다 보니 저절로 내 눈은 멍하니 허공의 어딘가를 초점 없이 바라보게 되었다. 생각에 집중하고 있다는 증거였다. 그걸 눈치챘는데도 나는 중단하지 않고 생각을 계속했다.

무엇을 하고 싶은가.

나카소네의 짝사랑 상대인 듯한 아야베 선배는 DJ라는 꿈을 가지고 노력하고 있었다. 클럽이란 공간을 좋아해서, 그곳에 오는 사람들을 모두 다 행복하게 만들어주고 싶다는 목표를 가지고 있었다.

카스카베는 이번에는 미용사를 목표로 삼아 노력할 거라고 했다. 여자 친구를 위해서 좀 더 멋있는 사람이 되려고. 그리고 자신과 마찬가지로 스스로 달라지고 싶어 하는 사람을 도와주고 싶어서.

나는 도대체 뭘 하고 싶은 걸까?

그 너머에 나의 목표가 존재했다. 그리고 내가 노력해서 걸어가야 하는 길이 쭉 이어지고 있었다.

내가, 제일 하고 싶은 것——.

저녁 식사를 마치고 목욕까지 하고 나서 겨우 한숨 돌릴 수 있었다.

평소에 토이로나 사루가야 이외의 누군가와 일대일로 대화할 기회는 거의 없었는데, 면담이 있었던 오늘은 마유코, 카스카베, 덤으로 후나미하고도 대화하게 되었다. 이것은 나한테는 전대미문의 인원수였다. 쾌거였다.

……피곤하다.

나는 잠시 침대에 누워 이불을 덮고 스마트폰을 만지작거리기로 했다. 그냥 조금만 쉴 생각이지만…… 이대로 잠들 거라는 자신감이 퐁퐁 솟구치는 것은, 일단 신경 쓰지 않아도 되겠지?

모르겠다. 오늘은 될 대로 돼라.

나는 그렇게 마음을 정하고 침대 속으로 파고들었는데…….

"똑똑똑, 실례합니다―."

"문을 연 다음에 노크하는 소리를 내봤자 소용없잖아?"

"에헤헤헤."

옆집에 사는 토이로 씨가 이 타이밍에 입실을 하셨다.

"저기, 아주머니가 말씀하셨어. 잘 거면 불 끄고 자라고 말해 달라고."

　"들켰구나. 거의 잠들기 직전이란 것을……."

　"미안해. 수면을 방해해서."

　그러더니 아하하 하고 웃는 토이로. 그리고 침대 가장자
리에 살짝 앉았다.

　묘하게 예의 바른 태도였다. 그래서 나는 의문을 품으면
서 몸을 일으켰다.

　"왜, 무슨 일 있어?"

　"으음―……. 아니, 아무 일도 없는데―?"

　토이로가 힐끗 곁눈질하면서 이쪽으로 시선을 보냈다.
뭔가 의미심장한 말투였다.

　"뭔데?"

　"아니, 그냥―……. 보고 싶어져서 왔다고, 해야 하나?"

　"그, 그렇구나."

　"앗. 너 지금 가슴이 두근거렸지? 두근! 하고."

　토이로는 즐겁게 떠들면서 내 얼굴을 들여다봤다.

　"따, 딱히 그렇지는―."

　아니, 뭐, 실제로 두근거리긴 했지만……. 왠지 인정하기
가 부끄러워서 나는 눈을 굴려 시선을 피했다. 그랬더니.

　"나도 그래."

　그렇게 다정한 음성이 내 귀에 닿았다.

　"뭐?"

"나도. 여기 올 때부터 엄청나게 가슴이 두근거렸어. 왠지 좀, 오랜만에 만나는 듯한 느낌이 들어서."

"아—, 알 것 같아. 오늘은 평소와는 달리 따로따로 집에 돌아왔잖아."

"응, 맞아, 그거야! 도중에 우라라와 헤어져서 집에 왔는데 말이지. 집에 도착할 때까지 혼자여서 외로웠어."

"언제나 집에 도착할 때까지 같이 가니까. 그래, 나도 그런 기분을 느꼈어."

솔직히 말하자면 토이로가 내 방에 와준 순간, 그 얼굴을 보자마자 무척 기뻤었다. 심장이 쿵쾅쿵쾅 심하게 뛰는 것을 느꼈다.

——토이로에게 이런 감정을 품다니. 평범한 소꿉친구였던 시절에는 상상도 못 해본 일이었는데······.

그리고 토이로도 나와 비슷한 생각을 하고 있었는지.

"우리 말이야. 요새 좀 들떠 있지 않아?"

그런 말을 꺼냈다.

"응, 확실히 그럴지도 몰라."

"그렇지—?"

내가 동의하자 토이로는 또다시 아하하 하고 웃었다.

"그래서 오늘은 일부러 평범한 소꿉친구 작업을 해주러 왔습니다."

"해주러 왔구나."

"응! 그게 좀, 기존의 우리도 소중히 여기고 싶다고 생각했거든."

그렇게 말하면서 토이로는 자리에서 일어나 TV 쪽으로 갔다. 그리고 게임기 전원을 켰다. "자, 받아" 하고 이쪽을 돌아보면서 컨트롤러 하나를 건네줬다.

"아하, 그래. ……그러면 평소에 하던 그거?"

"응, 그거 하자!"

버튼을 꾹꾹 누르자, 불후의 명작이라고 불리는 커맨드 선택형 RPG의 오프닝 화면이 나타났다. 최근에 '오래된 작품을 한번 해보자!' 하고 같이 사 와서 시작한 게임이었다.

"어? 잠깐만. 이거 엄청나게 흥미진진한 부분에서 끝났었네?"

"응, 맞아. 그래서 나 혼자 진행할까? 말까? 하고 얼마나 고민했는지 알아?"

"아니, 네가 그러고도 사람이야?"

"결국 참았으니까 괜찮은 거 아냐?"

그런 이야기를 하면서 저번에 저장했던 부분부터 게임을 재개했다.

이미 밤이 꽤 깊었는데도 우리 둘이 급히 게임을 시작해 버렸다. 내일도 학교에 가야 하는데…….

우리는 이러쿵저러쿵 서로 의견을 내놓으면서 게임을 공략해 나갔다.

내가 콤보를 성공시켜 적을 해치우면 토이로가 손뼉을 쳤다. 토이로가 컨트롤러를 붙잡고서 던전을 클리어했을 때는 멋지게 잘난 척하는 표정을 지었다. 그리고 두 사람의 지혜를 총동원하여 이길 방법을 찾아내서 중간 보스 한 명을 격파했을 때는, 우리 둘 다 자연스럽게 주먹을 콩! 하고 부딪치며 자축했다.

"아직 시간이 좀 있네."

"다음까지 가보자!"

"이 던전의 적은 장난 아니게 강하다고 들었는데. 컨트롤러를 집어던졌다는 내용을 SNS에서 본 적이 있어."

"와, 화풀이로 물건을 부순다고? 폭력적이네. 당치 않은 일이야—."

"아니, 너 말은 그렇게 하면서도, 얼마 전에 나와 마루오 레이스를 하다가 졌을 때는 내 베개를 마구 두들겨 패지 않았어?"

"그, 그 정도는 괜찮지 않아? 베개니까. 베개를 마사이 치라고 생각하고 때리는 것 정도는 괜찮잖아."

"나라고 생각했던 거야?! 우와, 폭력적이야!"

"농담이야, 농담. 아무튼 빨리 다음으로 넘어가자. 우리의 멋진 콤비네이션 플레이를 보여주자고!"

시간이 지날수록 우리는 점점 더 흥분해서 게임을 했다.

최근에는 이렇게 정신없이 게임에 몰두하는 감각을 살

짝 잊어버렸던 것 같다. 학교 축제를 준비하느라 바빴으니까. 집에서 게임을 하면서도 축제 이벤트에 관해 의논하기도 하고, 문득 떠오른 아이디어를 시험하기도 했었다. 요컨대 게임 자체에는 별로 집중하지 못했다.

지금은 나 대신 토이로가 컨트롤러를 붙잡고 있었다. 나는 몰래 시선을 돌려 토이로의 옆얼굴을 훔쳐봤다.

TV 화면을 바라보면서 호전적인 미소를 짓고 있는 토이로. 그러다 갑자기 놀란 것처럼 눈을 크게 뜨더니, 입을 떡 벌리다가 끄응— 하고 고민하는 표정을 지었다. 그러다 또 "앗!" 하고 소리를 지르고 손가락질하면서 활짝 웃는 얼굴로 나를 돌아봤다.

"방금 내 플레이. 파인 플레이 아니었어?"

"응. 잘했어. ……어, 실은 좀 멍하니 넋 놓고 있었어."

"뭐라고—? 아니, 여보세요. 그렇게 넋 놓고 있으면 이 초원에 버려두고 갈 거야! 그러면 오늘 밤에는 마물한테 잡아먹힐걸?"

"그러면 안 되지. 내가 여기서 죽으면 도대체 누가 마을을 구한단 말이야?"

"후후후. 그래, 용사 마사이치라면 당연히 그래야지. 자, 가자! 마을 사람들을 위하여! 적들이 숨어 있는 동굴까지 거의 다 왔어!"

토이로가 기운차게 말하더니 아자—! 하고 오른손을 비

스듬히 위로 치켜들었다.

그 모습을 보면서 나는 홀로 생각했다. 진심으로.

──나는 이렇게 둘이 좋아하는 일에 몰두하는 이 시간을, 역시 더할 나위 없이 사랑하는구나.

자신의 오타쿠 취미에 토이로가 관심을 가지고 열중하던 그때 그날이 떠올랐다. 그때는 정말로 기뻤었다. 자신이 인정받고 구원받은 느낌이 들었다. 그 후로는 하루하루가 즐거워서 참을 수 없을 정도였다.

나에게는 이런 둘만의 시간이 소중했다. 그리고 만약에 앞으로 정식으로 사귀게 되더라도, 나는 변함없이 토이로를 즐겁게 해주고 싶다. 앞으로도 쭉 같이 즐겁게 지내고 싶다.

──내가 하고 싶은 일이 뭔지 알아냈다.

그와 동시에 그 목표를 이루기 위해 노력해야 할 방향──열심히 해봐야겠다는 생각이 드는 일이 무엇인지도 알았다. 실은 예전부터 생각은 좀 하고 있었다. 다만, 드디어 결심했다고나 할까.

돌연 눈앞이 환해지는 느낌이 들었다.

만약에 우리가 평범한 소꿉친구 관계로 남아 있었더라

면, 이 시간을 별생각 없이 그저 당연하게 보내고 있었을지도 모른다. 문득 나는 그런 생각을 해봤다.

임시 연인이 되어서 새삼스레 그 중요한 것을 깨달았다. 이 시간이 특별해졌다. 오늘 일부러 소꿉친구 작업을 해주려고 여기까지 와준 토이로도, 어쩌면 같은 생각을 했던 게 아닐까.

"앗, 또 멍하니 넋 놓고 있네! 이제 동굴에 들어갈 거야, 알았어?!"

"잠깐만, 일단 세이브부터 하자."

"아, 깜빡했다! 잘했어, 마사이치!"

세이브, 세이브! 하고 웃으면서 이쪽을 돌아보는 토이로. 그 표정을 보고 나도 모르게 미소를 지었다.

*

게임이 일단락되자 우리는 만화 및 라이트노벨 타임에 돌입했다.

한 40분만 지나면 날짜가 바뀔 것이다. 내일 학교에 가야 하니까 이제는 슬슬 해산해야 하는 시간대인데, 왠지 아쉬워서 내가 먼저 헤어지자는 말은 꺼내지 못하고……. 토이로도 아무 말도 안 하고 바닥에 앉아서 침대에 기댄 채 라이트노벨을 읽고 있었다.

좌식 테이블 위에는 차를 담은 머그컵이 두 개 놓여 있었다. 둘 다 우리 집 컵인데, 고양이 그림이 그려진 컵은 옛날부터 토이로 전용이었다.

"그러고 보니 크리스마스에 뭔가 하고 싶은 것은 있어?"

나는 자연스럽게 그런 질문을 던져봤다.

그런데 이것은 중요한 사전 조사였다. 현재로선 크리스마스에 무엇을 할지는 전혀 정해지지 않았다. 토이로가 원하는 게 있다면 거기에 맞춰 데이트 계획을 세울 생각이었다.

그러나.

"응—? 아니, 딱히 없는데—. 미리 생각해서 스케줄을 짜는 것도 힘들잖아? 그냥 적당히 돌아다니면서 놀면 되지 않을까?"

토이로는 그렇게 간단하게 대답했다. 그리고 소설의 글자에서 눈을 떼고 머그컵으로 손을 뻗었다.

"적당히 돌아다니자……? 정말 그래도 괜찮아?"

"응, 괜찮아, 괜찮아. 앗, 이왕이면 항구 쪽에 놀러 가보지 않을래? 그쪽에도 쇼핑을 할 만한 곳이 많이 있잖아? 우리가 평소에 가는 역 앞의 쇼핑몰도 괜찮지만, 거기는 언제든지 갈 수 있으니까—. 아, 그리고 아마도 그쪽이 더 크리스마스 분위기는 날 거라고 생각해. 인테리어나 장식품 같은 것이."

"아, 그렇구나. 알았어. 그쪽으로 가자!"

109

내가 동의하자, 머그컵에서 입을 뗀 토이로가 후훗 하고
미소를 지었다.

　"왠지 데이트하는 것 같네."

　"네가 그런 말을 한다고? ……처음부터 데이트였던 거
아냐?"

　"에헤헤. 응, 그러게. 데이트다!"

　아직 정식으로 사귀는 사이는 아니지만…… 그래도, 그
렇다 해도 우리는 임시 연인이다. 이것은 누가 뭐래도 분
명히 크리스마스 데이트이다.

　눈을 가늘게 뜨고 기쁘게 웃는 토이로. 그 모습을 보니
24일이 너무나 기대되었다.

　──그때까지 꼭 준비해야지.

　좀 전에 정한 계획을 다시금 내 마음속에 그려봤다. 반
드시 해낼 테다. 이때 나는 난생처음으로 경험했다. 투지
에 불타는 전율이란 것을.

여자 친구다운 작업을 하면서, 마사이치와 커플다운 일을 하고 싶다. 뭔가 여자 친구다운 일을 해주고 싶다.

그런 생각을 하면서도 또 한편으로는 나는 소꿉친구 작업도 소중히 여기고 있었다. 얼마 전에는 오랜만에 온 힘을 다해 마사이치의 방에서 놀았는데, 정말 즐거웠다.

──마사이치는 어떻게 생각하고 있을까?

그날 이후로 그는 어쩐지 바빠 보였다. 학교뿐만 아니라 집에서 나와 같이 있을 때도 스마트폰으로 뭔가를 검색하거나, 계속 생각에 잠겨 있었다. 그리고 방과 후 같이 집에 돌아가서 논 다음에, 밤에는 혼자서 열심히 뭔가를 하는 것 같았다. 어제 내가 밤중에 자다가 문득 깨어나서 창밖을 봤더니 아직도 그의 방에는 불이 켜져 있었다.

특별한 이유는 없고 내 직감이긴 한데, 아마 그는 뭔가를 준비하는 듯했다. 어쩌면 크리스마스와 관련된 걸까? 나에게는 아무 말도 안 하고, 내가 물어봐도 슬쩍 얼버무리고 넘어가니까. 나와 관련된 것은 십중팔구 확실하다. 그래서 지금은 굳이 캐내지 않고 그냥 내버려 둘 생각인데…….

……신경 쓰인다.

겨울이 깊어져 가고 있지만 오늘은 날이 푹해서 따뜻했다.

안뜰에 면한 창문을 통해 복도로 쏟아지는 온화한 햇살. 그 빛이 창틀의 그림자를 만들면서 리놀륨 바닥을 부드럽게 비추고 있었다.

이런 날을 코하루비요리*라고 하는 모양이다. 좀 전에 화학 수업 시간에 선생님이 가르쳐주셨다. 코하루비요리란 것은 글자 그대로 봄(春)의 날씨를 표현하는 단어인 줄 알았는데. 새로운 것을 알게 되어서 재미있었다.

지금은 그 수업이 끝나고 화학실에서 교실로 돌아가는 도중이었다. 우라라와 마유는 화장실에 간다면서 손을 흔들고 떠나갔다. 나는 카에데와 둘이 연결 복도로 들어갔다.

그나저나 날씨가 이렇게 따뜻하면, 오후 수업 시간에는 잠이 쏟아질 것 같은데······.

나는 멍하니 그런 생각을 하면서 푸른 하늘 아래를 걷고 있었다. 그런데 그때.

"크리스마스까지―. 이제 얼마 안 남았네―?"

카에데가 그런 이야기를 꺼냈다. 좀 전까지의 대화는 마유를 중심으로 이루어졌고 나는 그냥 뒤에서 따라가면서 좀 생각 없이 멍하니 있었다. 그래서 뇌를 각성시키려고 머리를 가볍게 흔들었다.

"그러게―. 카에데, 너희는 어디로 놀러 가기로 했어?"

"응. 수족관에 갔다가 일루미네이션을 보러 가자는 이야

---

*小春日和 : 초겨울의 따뜻한 날씨.

기가 나왔어."

"와, 멋지다! 굉장한데? 본격적인 데이트 같아!"

"아하하, 그게 무슨 소리야. 어, 토이로 너는?"

"우리는 그냥 평범한 느낌인데―? 아마 바닷가에 가서 쇼핑이나 하면서 적당히 돌아다니지 않을까?"

"왜? 좋잖아. 그게 더 여유 있어 보이는걸."

"그런가?"

여유……. 이렇게 마음이 들떠 있는 내 상태와는 거리가 먼 단어인 것 같은데…….

오히려 카에데가 더 차분해 보였다. 나는 그런 카에데에게 물어보기로 했다.

"저기, 카에데. 넌 카스카베에게 여자 친구로서 특별히 해주고 있는 일이 있니?"

"으응―? 뭐야, 갑자기 무슨 소리야? 왜 그래? 고민이라도 있어?"

"아, 아니, 아니야. 그런 것은 아니지만. 단순히 다른 커플들은 어떨까―? 하는 생각이 들어서."

나는 허둥지둥 그렇게 말했다. 그 변명이 그럭저럭 통했는지 카에데는 "으음―" 하고 시선을 오른쪽 위의 허공으로 돌렸다.

연결 복도를 빠져나가 우리의 교실이 있는 남쪽 건물로 들어갔다. 4층으로 가려고 계단을 올라갔다.

"글쎄, 물론 여자 친구니까 해줄 수 있는 일은 당연히 해주고 싶지—. 온 힘을 다해 꽉 안아주고 싶기도 하고, 어리광을 받아주기도 하고, 무슨 일이 있으면 칭찬해주기도 하고. 그리고 또, 이렇게 밝은 대낮에는 이야기할 수 없는 일도 해주고 싶은데. 아— 하지만 그런 것은 여자 친구가 되기 전부터도 했던가—."

그러더니 히죽 웃는 카에데.

"그, 그렇구나⋯⋯. 저기요, 그렇게 찰싹 붙어서 노는 것 말고, 다른 방면에서 해줄 수 있는 일은 없나요?"

"응—? 아, 그러면 요리는 어때?"

"요, 요리⋯⋯?"

쿠킹⋯⋯. 그 말 자체로도 효과는 발군이었다. 나한테 요리란 것은 이를테면 개구리한테 뱀, 풀 타입한테 불꽃 타입, 저격수한테 근접전. 즉, 엄청나게 자신 없는 분야였다.

"난 자주 저녁밥 같은 것을 만들어주거든? 같이 요리하는 경우도 있고. 하기야 이건 그 애가 혼자 자취하니까 가능한 걸지도 모르지만. 아, 그리고 베이킹도 있어. 빵이나 과자를 만들어줘도 걔는 기뻐하더라."

카에데가 집게손가락을 곧게 세우면서 나를 돌아봤다.

"아—, 베이킹. 그거 좋네."

웹상에 소개된 '여자 친구가 해주길 바라는 이벤트 목록'이란 기사에도 그런 내용이 나와 있었다. 베이킹을 해줬으면 좋겠다고.

요리와 베이킹.

경험은 거의 없지만, 마사이치가 기뻐한다면…….

"카에데, 넌 정말 좋은 여자 친구가 될 것 같아."

"아하하, 그런가? 하지만 말이지, 실은 그렇게 남자 친구가 기뻐할 만한 일이 무엇인지 열심히 생각하는 태도가 가장 중요하다고 봐. 그러니까 토이로, 너야말로 좋은 여자 친구가 아닐까?"

"와, 카에데! 넌 너무 다정해!"

"어휴, 아냐. 나는 내가 생각한 것을 솔직히 말했을 뿐이야. 게다가 커플이 잘 지낼지 어떨지는 결국 상대의 태도에 따라서도 달라지니까. 서로 비슷한 열량을 가지고 사귄다면 좋겠지만. 저기, 알지? 자기 혼자만 상대에게 뭔가를 해주고 싶어서 안달을 내면 점점 지치게 되잖아? 하기야 상대에게 무조건 헌신하고 싶어 하는 타입처럼, 그런 것을 좋아하는 사람도 있긴 있지만."

흠, 그렇구나.

카에데는 뭐랄까, 연애에 대해 열정적이기도 하지만 냉정하기도 했다. 그래서 무척 참고되었다.

마사이치는 어떨까? 나처럼 상대를 위해서 뭔가 해주고 싶다고 생각할까?

애초에 우리는 아직 진짜로 사귀는 것도 아니지만.

―――우리의 관계는 어떤 식으로 변해갈까?

불안하지는 않았다. 내 가슴속에 드리웠던 먹구름은 학교 축제 날 마사이치가 깨끗이 날려 보내줬다.

그래서 지금은 미래를 상상하면 저절로 배 속이 몹시 간질간질해지는 감각만 느껴지는 것이었다.

☆

―――잠깐만, 난 아직 마음의 준비가 안 됐는데.

그날 학교 수업을 마치고 돌아가는 길에 나는 패닉에 빠져버렸다.

마사이치가 불쑥 이런 말을 꺼냈기 때문이다.

『오늘 우리 집 말인데. 부모님이 두 분 다 야근이고, 세리나도 밤에 놀러 나간다고 했어. 그래서 오늘 밤에는 웬일로 집에 아무도 없거든―.』

처음인데……. 긴장된다. 마음의 준비가……. 하지만, 어떻게든 노력을 해봐야지……!

내가 잘할 수 있을까……?

이렇게 빨리 기회가 올 줄은 몰랐다.

그 이야기를 한 것이 바로 오늘 낮이었는데.

하지만 이렇게 된 이상, 일단 해보는 수밖에 없으리라.

──요리를.

"저기, 있잖아. 그러면 저녁을 같이 먹지 않을래?"

나는 재빨리 마사이치보다 반 발짝 앞으로 걸어가서 살짝 그의 얼굴을 들여다봤다.

"응? 좋아. 외식할까?"

"아냐. 내가 요리를 해줄게!"

앗. 방금 마사이치가 대놓고 '뭐?' 하는 표정을 지었다.

"걱정하지 마! 난 마음만 먹으면 뭐든지 할 수 있는 사람이니까!"

"뭐, 그건 그렇지. 지금까지 요리할 기회가 없었을 뿐."

"오, 마사이치! 뭐야, 잘 알고 있네?"

괜찮을 거다. 레시피대로 똑같이 만들면 되니까. 자기 방식대로 바꾸려고 하면 안 된다고 카에데가 말했다. 난 그저 지금까지 해본 적이 없기 때문에, 괜히 '난 못한다'라는 선입견이 생겼을 뿐이다.

"그럼 장 봐서 집에 갈까?"

내가 그렇게 제안하자 마사이치는 고개를 끄덕였다.

"응."

"뭐 먹고 싶어?"

"어—, 글쎄. 토이로, 네가 자신 있는 요리로 해줘."

"오, 그렇군요. 셰프가 즉흥적으로 만드는 오늘의 요리인가요. ……내가 자신 있는 요리는 컵라면인데."

"이봐요, 셰프님. 제정신이세요? 뜨거운 물만 붓는 것을 요리라고 해도 되는 거야?"

"맛은 보장되어 있잖아?"

"그야 그렇지만! 그런 이야기가 아니잖아!"

"아하하하."

나는 웃으면서 내심 안도했다. 마사이치가 뭔가 어려운 요리를 지정하면 어쩌나? 하고 걱정했다.

실은 오후 수업 시간에 몰래 요리 사이트를 살펴보면서, 내가 만들 수 있을 것 같은 음식 중에서 마사이치가 좋아할 만한 메뉴를 골라놨었다. 이거다! 싶은 메뉴를 몇 개 찾아놨으니까, 이번에는 그중 하나에 도전하면 될 것이다. 이때 사야 할 재료도 대충 내 머릿속에 입력되어 있었다.

"좋아, 그럼 내 마음대로 만들어도 된다는 거지? 마사이치. 네가 좋아할 만한 음식을 만들어줄게!"

"응. 그런데 정말 괜찮겠어?"

"응, 나만 믿어! 좋아—, 그럼 마트로 Go—!"

나는 그렇게 말하면서 블레이저의 소매를 살짝 걷어붙였다.

못한다는 선입견은 극복해야 한다. 언젠가는 잘할 수 있게 되어야 한다.

아니, 실은 마사이치를 위해서라면 노력할 수 있을 것 같았다. 좋아, 한번 해보자! 하는 의욕이 생겼다.

학교 축제의 커플 그랑프리에서 나는 죽을 만들었는데, 그걸 먹은 마사이치는 "맛있어"라고 말해줬다. 실은 그때 엄청나게 기뻤다.

──오늘도 그런 말을 들을 수 있으면 좋겠다.

"열심히 해야지"라고 내가 중얼거리자, 마사이치가 이쪽을 힐끔 보더니 "기대된다"라고 말해줬다.

그 말 한마디만으로도 금방 내 마음이 따뜻해졌다.

☆

둘이 장을 봐서 짐을 들고, 저녁놀이 지는 거리를 함께 걸으며 집으로 돌아간다.

그것 자체가 왠지 더없이 감성적인 느낌이 들었다.

뭐랄까. 오래오래 사귄 커플 같은 느낌? 아니, 어른스러운 느낌? 고등학생의 영역에서 한 발 벗어난 느낌이 들어서 왠지 마음이 들떴다.

만약에 우리가 고등학교를 졸업하고 같은 대학에 다니게 된다면, 우리가 이렇게 같이 장을 보고 집으로 돌아가는 것이 평범한 일상이 될지도 모른다.

그런 모습을 상상하기만 해도 마음속 깊은 곳에서 뭐라 표현할 수 없는 행복감이 가득하게 차올랐다.

"마사이치, 너희 집 부엌을 빌려도 돼? 우리 집에서는 지금쯤 우리 엄마가 요리하고 계실 테니까."

"응, 물론 괜찮아. 아마 조미료도 다 있을 거야."

"고마워. 아참, 너는 네 방에서 기다리고 있어."

"어? 아니, 나도 도와줄게."

"아냐, 아냐. 괜찮아. 너를 깜짝 놀라게 해주고 싶단 말이야!"

솔직히 말하자면 실패하는 내 모습을 들키고 싶지 않은 마음이 컸지만. ……그리고 요새 마사이치는 정신없이 뭔가에 매달리고 있는 것 같으니까, 그것을 방해하고 싶지 않기도 했다. 그냥 방에서 자유롭게 기다렸으면 좋겠다.

마사이치는 무슨 말을 하고 싶은 표정을 지었지만, 나는 됐어, 됐어— 하고 적당히 모르는 척했다.

무거운 짐은 마사이치가 솔선해서 들어줬다. 역시 다정하다니까. 나는 과자가 든 비닐봉지를 힘차게 흔들면서 가벼운 발걸음으로 걸어갔다.

그러다가 어느새 집에 도착했다. 손을 씻고, 방금 사 온 것들을 정리했다. 그리고 나는 요리를 시작했다.

『'창작'이나 '시행착오'란 것은 초보자의 요리에는 필요 없는 단어야.』

요리에는 자신 없는 나에게 카에데가 해준 말이었다.

쓸데없는 생각은 하지 말고, 레시피의 조리 순서를 충실하게 지켜라.

나는 스마트폰을 옆에 두고 날카롭게 째려보면서 작업을 하나하나 확실하게 해나갔다. 그런데 그때.

"와, 이거 보기 드문 광경이네. 뭐야? 신부가 될 준비 중이야?"

마사이치의 누나인 세리가 부엌으로 들어왔다. 잠옷 차림이었다. 아마 이 시간까지 방에서 빈둥빈둥 놀고 있었나 보다.

"시, 신부……. 아, 아니, 그, 그냥 좀, 요리를 해보고 싶은 기분이 들어서."

"오ㅡ. 뭔가 맛있는 냄새가 나는데? 마사이치는? 뭐야, 그 녀석. 토로한테 요리를 시켜놓고 뭐 하고 있는 건데?"

"아, 아니, 아니. 마사이치가 게으름 피우고 있는 게 아니야. 걔를 깜짝 놀라게 해주고 싶어서, 내가 방에 가서 기다리고 있으라고 부탁했어."

내가 그렇게 대답하자, 세리는 놀란 표정으로 나를 봤다.

졸려 보이던 눈이 휘둥그레지더니 여러 번 깜빡거렸다.

"토로! 넌 참 좋은 아이구나? 남자 친구를 위해서 그런 일을 하다니⋯⋯. 요즘 시대에 이런 여자 친구는 없는데? 멸종 위기종이야."

"와, 멸종할 지경이야?! 그럼 보호받아야겠다."

"응, 보호해야지, 보호해줄게. 아, 신부가 될래?"

"정말? 나 지금 남자 친구의 누나한테 허락받은 거야?"

주변 인물인 가족부터 차근차근 순조롭게 공략하는 중이구나. 나는 그렇게 생각했는데.

"아니, 아니. 마사이치 말고 내 신부가 되겠느냐는 거야."

"세, 세리의 신부?! 저기, 그러면 이야기가 좀 복잡해지는데."

"아하하하. 농담이야, 농담."

그렇게 놀림을 당했다.

"그래도 최소한 설거지는 그 녀석한테 시켜. 알았지—? 세상에는 그런 말이 있잖아—? 일하지 않는 자는 먹지도 마라."

그렇게 말하면서 세리는 냉장고 문을 열고 하이볼 캔을 꺼냈다. ⋯⋯아니, 이제 곧 놀러 나가는 게 아니었나?

세리는 그 자리에 서서 캔을 따고 한 모금 꿀꺽 마셨다. 그리고 내 손을 들여다봤다.

"넌 손이 예쁘잖아. 괜히 식칼을 다루다가 다치지 않도록 조심해—. 와, 그런데 손가락이 가늘다."

그런 말을 하더니 자기 손가락과 비교하는 것처럼 손을 내밀었다.

"세리의 손가락도 비슷한 굵기인데? 아, 잠깐만. 네일 예쁘다!"

"정말? 고마워."

후후 하고 기분 좋게 웃는 세리.

어릴 때부터 나와 친하게 지내준 세리. 나에게 세리는 다정한 언니 같은 존재였다.

난 세리가 정말로 좋았다.

그리고 혹시 내가 언젠가 마조노 집안의 남자와 결혼하게 된다면……. 그러면 세리는 정식으로 우리 언니가 될 것이다. 정말 좋아하는 세리와 그런 식으로 가족이 된다는 것은, 솔직히 말하자면 기쁘기도 하고…….

그때 세리가 문득 이런 말을 했다.

"……마사이치, 그 녀석 말인데. 지금 뭔가 하고 있지?"

"응?"

나는 깜짝 놀랐다. 도마에서 눈을 떼고 세리의 얼굴로 시선을 돌렸다.

세리는 히죽 웃으면서 이야기를 계속했다.

"그건 틀림없이 너를 위한 일이야."

"저, 정말?"

나도 모르게 되묻자, 세리는 끄덕끄덕 고개를 위아래로 움직였다.

"마사이치는 오직 토로를 위해서만 그렇게 애쓰는 녀석이거든."

"오직 나를 위해서만……?"

"응. 그렇다니까."

그, 그런가…….

세리가 힘차게 긍정하자, 나는 무척 행복해졌다.

마사이치. 나를 위해 뭔가 해주고 있는 거야? 아마도 크리스마스와 관련된 일이겠지— 하고 내 나름대로 상상은 하고 있었지만, 세리의 말을 들으니 그 상상이 확신으로 바뀌었다.

실제로 무엇을 하는지는 모르겠지만…… 어떻게든 노력하고 있는 것이다.

그렇게 생각하니 왠지 참을 수 없을 정도로 마사이치가 사랑스럽게 느껴졌다. 지금 당장 달려가서 꼭 안아주고 싶어졌다.

빨리 마사이치가 이 요리를 먹어줬으면 좋겠다.

아, 아니, 그래도. 제대로 "맛있다"는 소리를 들을 수 있도록 신중하게.

나도 열심히 해봐야지——.

＊

　내가 방에서 작업을 하고 있는데 똑똑 하고 노크 소리가 났다. 나는 허둥지둥 책상 위에 펼쳐놓은 노트북을 덮었다.

　"오래 기다리셨습니다—."

　그렇게 말하면서 토이로가 문을 열고 들어왔다. 그릇을 쟁반에 받쳐 들고.

　"와, 맛있는 냄새가 나네."

　"그렇지—? 자, 어서 먹자!"

　토이로가 좌식 테이블에 그릇을 올려놓았다. 나도 의자에서 일어나 바닥에 앉았다. 그러자 떡하니 놓인 큰 그릇의 내용물이 눈에 들어왔다.

　"셰프의 혼신의 역작, 돼지고기 채소 두부 찬푸루*입니다—!"

　"『즉흥적』이란 수식어가 어느새 『혼신』으로 업그레이드됐구나?"

　그릇에 담겨 있는 것은 노릇노릇하게 구워진 두부, 수북한 돼지고기, 선명한 초록빛 소송채**. 그 외에도 자잘한 계란과 양파도 들어 있었고, 맨 위에는 얇게 깎은 가다랑어포가 뿌려져 있었다.

　"맛있겠다……."

　식욕을 자극하는 향긋한 냄새. 나는 무심코 침을 꿀꺽

---

*채소와 두부 등을 볶아서 만든 오키나와 요리.

**청경채와 비슷하게 생긴 잎채소.

삼켰다.

"잠깐만. 이건 분명히 밥도둑일 테니까. 내가 가서 흰 쌀밥을 가져올게."

"으, 응. 나도 같이 가자."

"아냐, 넌 여기서 기다려. 편하게 있어—."

그런 말을 남기고 서둘러 방에서 나가는 토이로.

나는 새삼스레 김이 폴폴 나는 그릇으로 시선을 돌렸다.

——마사이치. 네가 좋아할 만한 음식을 만들어줄게!

그런 토이로의 목소리가 머릿속에서 되살아났다.

그리고 실제로 양도 많고 체력도 보충할 수 있을 것 같은 음식이 나왔다. 보통 남자가 좋아할 만한 음식이었다. 토이로가 모양새를 중시한 이탈리아 요리 같은 게 아니라 따뜻한 집밥 같은 노선을 선택해서 다행이었다. 남자들은 대개 이런 음식을 좋아하는데, 나도 예외는 아니었다.

그런데…….

요리는 자신 없다면서 멀리하던 토이로가 나를 위해 저녁밥을 만들다니……. 그렇게 생각하자 무척 기뻤다. 게다가 그 요리가 완벽하기까지 했다. 냄새도 좋고, 아마 맛도 좋을 텐데——빨리 먹어보고 싶었다.

토이로. 정말 열심히 노력했구나…….

토이로가 이렇게까지 해줬으니 나도 가만있을 수는——.

"미안, 오래 기다렸지—?!"

우당탕 발소리를 내면서 다시 방으로 뛰어 들어오는 토이로.

이번에는 밥을 담은 밥공기 두 개와, 차를 담은 개개인의 머그컵을 쟁반에 받쳐 들고 왔다.

"자, 먹자—!"

"응. 잘 먹겠습니다."

나는 가슴 앞에 두 손을 모으고 인사했다.

"그래, 맛있게 먹어—."

토이로는 그렇게 말하더니 후훗 하고 웃었다. 이어서 한마디 했다.

"뭔가 굉장히 신기한 기분이야. 이 방에서 마사이치한테 '맛있게 먹어—'란 말을 하는 날이 오다니."

"왜, 이상해?"

"으음—. 그렇기도 하고, 또 감개무량하기도 해."

"감개무량?"

"응. 드디어 여자 친구다운 일을 해주는구나— 하는 생각이 들어서."

토이로는 기분 좋은 것처럼 미소를 지었다.

'드디어'라니, 그건 아니라고 생각하는데. 아무튼 토이로가 그런 마음으로 이 요리를 만들어줬다니——.

"……먹어도 돼?"

"아, 응! 어서 먹어, 먹어!"

나는 다시 한번 잘 먹겠다고 말한 뒤, 당장 메인 요리인 큰 접시 쪽으로 젓가락을 내밀었다. 고기와 두부를 한꺼번에 집어서 일단 앞접시에 덜었다가 입으로 가져갔다. 그 순간 부드러운 육수의 풍미와, 잘 양념된 고기의 맛이 입 안에 가득 퍼졌다.

"와, 뭐야. 맛있는데?"

나도 모르게 손으로 입을 막으면서 그런 말을 했다.

"정말? 다행이다!"

"응, 진짜 무한대로 먹을 수 있을 것 같아."

찬푸루라고는 하는데, 우리 집에서 종종 먹는 여주* 찬 푸루보다 더 진한 맛이 느껴졌다. 된장과 비슷한 달달하고도 짭짤한 맛이 나는 것 같았다.

"다행이야—. 맛있지? 나도 맛을 보고 깜짝 놀랐다니까. 비법이 뭔지 알아? 바로 불고기 양념을 넣는 거래."

토이로가 집게손가락을 곧게 세우면서 말했다.

"굉장한데? 비법도 썼어?"

"응, 그런데 실은 전부 다 레시피대로 만든 거야. 내가 창작하거나 궁리해서 추가한 요소는 없어."

헤헤헤 하고 웃으면서 뺨을 긁적거리는 토이로.

"왜? 그래도 되잖아. 아무리 엄청난 요리라도 레시피는 반드시 있으니까."

"오! 마사이치, 그렇게 멋진 말을 해주는 거야?"

---

*쓴맛이 나는 길쭉한 과일

퍽퍽 하고 토이로가 내 어깨를 때렸다. 아니, 뭐. 난 진심인데. 쓸데없이 이것저것 재주를 부린 음식보다는, 이렇게 단순하게 맛있는 음식이 훨씬 더 좋은 게 확실했다.

반찬을 밥과 함께 우걱우걱 먹었다. 맛있었다. 정말로 흰 쌀밥과 잘 어울렸다.

"이건 매일 먹어도 안 질리겠다."

"에헤헤헤. 그래, 그렇구나. 많이 먹어."

토이로는 기뻐하는 것처럼 말했다. 그리고 아무렇지도 않게.

"이 정도면 좋은 신부가 될 수 있을까?"

이런 질문을 던졌다.

기습을 당한 기분이었다.

"으, 응."

나는 반사적으로 그렇게 우물거리듯이 대답하고 말았다. 시, 신부라니⋯⋯. 평소 같으면 가볍게 농담으로 넘길 만한 대사였지만, 그 자연스러운 솔직함에 허를 찔린 것이다.

"저기, 다, 당연히, 너도 괜찮다면, 그렇다는 건데⋯⋯."

그리고 내 반응을 보자 토이로도 부끄러워졌는지, 영문을 알 수 없는 말을 늘어놓기 시작했다.

괜찮다면, 신부가 되겠다니⋯⋯.

나는 일단 마음을 진정시키려고 머그컵으로 손을 뻗었다. 그리고 컵에 든 차를 꿀꺽꿀꺽 단숨에 마시고 휴— 하고 숨을 내쉬었다. 그러자 토이로도 나처럼 차를 마시더니, 양손으로 파닥파닥 자기 얼굴을 향해 부채질했다.

"토, 토이로, 너도 먹어."

"으, 응. 아참, 밥은 많이 있으니까 더 갖다 먹어도 돼—라고 세리가 말했어. 세리가 밥을 지어줬거든."

"흐음. 그랬구나."

부엌에서 세리나와 만난 건가. 둘이 무슨 이야기를 했는지 좀 궁금해졌다.

——예의 그 건은 확인했을까……?

"그러고 보니 크리스마스이브 말인데, 밤늦게까지 시간 괜찮아?"

나는 문득 생각난 것처럼 그렇게 화제를 바꿨다.

"응, 당연히 괜찮지!"

토이로는 고개를 크게 끄덕였다.

"저녁밥은 같이 먹어도 되는 거지?"

"응!"

"점심때 만나서 쭉 같이 있고?"

"응, 그래! 일요일이라 다행이다!"

"집에서부터 같이 갈 거지?"

"그러자, 그러자!"

우리는 그 후 저녁밥을 먹으면서 크리스마스 계획에 관해 의논했다.

"기대된다!" 하고 토이로가 미소를 지었다. 나는 "응" 하고 수긍했다.

벌써 그날이 너무나 기다려졌다. 그 후야제 이후로 쭉 토이로를 기다리게 했으니까.

24일까지는 이제 2주일쯤 남았다.

그때까지 어떻게든 끝내야 할 텐데——.

*

『저기. 예전에 그런 이야기를 했잖아? 어린 시절의 앨범을 보자고.』

『아—, 맞아, 그랬지. 어? 그런데 결국 안 봤네.』

『응, 응. 그렇다니까. 보고 싶지 않아? 내가 우리 집에서 찾아서 꺼내놨거든.』

『오, 그럼 볼까? 우리 집에 있는 앨범도, 벽장 속의 찾기 쉬운 곳에 있는데?』

『아, 아냐, 마사이치. 너희 집에 있는 앨범은…… 위험한 사진이 섞여 있을 수도 있으니까…….』

『뭐? 위험한 사진?』

『아, 아무튼, 얼른 가져올게! 밥 먹고 나서 우리 집 앨범을 보자! 엄마가 말이지, 우리 둘이 같이 찍힌 사진만 모아 뒀거든.』

저녁을 먹는 도중에 그런 대화가 오갔고, 식사 후 우리는 좌식 테이블 앞에 나란히 앉아 앨범을 펼쳤다. 참고로 대화 도중에 나왔던 정체불명의 '위험한 사진'이란 것은, 가정에서 본인이 감상한다는 명분으로 아슬아슬하게 법망을 피했지만, 실은 소지하는 것 자체가 매우 악질적인 사진이라고 한다. 그런 설명을 들어도 잘 이해가 안 갔지만.

토이로가 "자, 그럼 볼까?" 하고 두꺼운 앨범의 표지를 넘겼다.

우리는 둘이 마당에서 놀고 있었다. 공원의 모래밭에서 구멍을 파기도 하고, 방에서 크레용으로 그림을 그리기도 했다.

"와, 이거 봐, 봐! 너무 작아! 너무 어려!"

"오랜만에 보니까 뭔가 굉장한데? 내가 이랬었나?"

"어릴 때는 거울을 안 보니까. 자기 얼굴이 어땠는지 기억할 여지조차 없는 거지—."

하긴 그렇다. 어린 시절의 자신이라는 말을 들었을 때 떠오르는 것은, 거실에 장식되어 있는 가족 여행 사진 속의 내 모습이었다. 그 외의 나이였을 때의 얼굴이나 모습은 기억이 나지도 않았다. 이렇게 앨범을 보지 않으면 모르는 것이다.

그런데 앨범의 페이지를 넘기다 보니, 막연하게나마 기

억의 단편과 일치하는 사진도 점점 늘어났다.

"와—, 추억이 되살아나네."

"기억이 나?"

"응. 초등학교 들어가기 전부터는 대충 기억해. 확실하진 않지만."

백팩을 짊어지고 신칸센을 타고 산에 가서 했던 바비큐 파티. 각자 자기 가족들과 함께 갔는데 우연히 신사에서 딱 마주쳐서 단체로 하게 되었던 새해 첫 참배. 그리고 초등학교 입학식 날 아침에도 우리는 집 앞에 나란히 서서 사진을 찍었다.

이렇게 보니까 정말로 많은 추억을 만들어왔구나. 새삼 알게 되었다.

"초등학교 시절의 마사이치는 귀여웠구나—. 이 귀여운 아이는 어디로 가버린 걸까—?"

"눈앞에 있잖아."

"아하하하. 많이 컸네. 이 아이가 성장하면 이렇게 되는 거구나."

그렇게 따지면 토이로도 옛날과는 많이 달라졌다. 나는 결코 어린이를 좋아하는 이상한 취미는 없지만, 어린 시절의 토이로는 정말로 귀여웠다. 그리고 지금은 또 지금만의 매력이 있다. ……본인에게 그런 말을 할 수는 없지만.

"저기, 있잖아. 소꿉친구 만화에서 말이지, 옛날에는 여자애의 키가 더 컸는데―라고 하는 장면을 본 적이 있거든? 그런데 중학생이나 고등학생쯤 되니까 남자애가 돌연 쑥 커버려서 가슴이 두근거린다! 하는 이야기."

"아―. 그래, SNS에서 공유되는 단편 만화 같은 데서 봤던 것 같기도 하고."

"정말? 응, 그런데 우리 둘 중에서는 옛날부터 네가 더 키가 컸잖아? 게다가 우리가 나란히 섰을 때, 내가 네 얼굴을 쳐다보는 시선? 각도? 그런 것이 변하지 않고 그대로인 듯한 느낌이 들어."

"그러게. 실제로 그동안 쭉 내가 너보다 약간 더 컸었나? 하지만 그 차이가 조금씩 더 벌어지고 있어. 1년에 약 1cm씩."

"응, 지금은 10cm쯤 차이가 나지? 저기, 있잖아. 커플의 키 차이는 10cm가 제일 좋다고 해."

"아, 그 이야기는 나도 들어본 적이 있어."

"후후후. 우리는 우리도 모르는 사이에 진화하고 있나 봐. 환경에 맞춰 가장 적합한 형태로."

"뭐야? 그건 일종의 진화론 같은 거야?"

이렇게 두 사람만의 환경에 적응하듯이 신체가 변화하다니…… 세상에, 우리는 최강인가?

우리는 둘이 그런 생각을 하면서 킥킥 웃었다.

카메라를 보고 자연스럽게 웃는 게 힘들어서 사진 찍는

것은 별로 좋아하지 않았는데. 이렇게 둘이 사진을 보고 즐기는 시간은 의외로 나쁘지 않았다.

언젠가 미래에, 새로 늘어난 사진들을 감상하면서 또다시 이렇게 둘이서 웃는 날이 오면 좋겠다. 나는 그런 생각을 했다.

"슬슬 집에 가서 목욕이나 할까—."

토이로의 그 말을 듣고 시계를 봤다. 어느새 오후 10시 30분이 되어 있었다.

"오늘은 고마웠어. 정말 맛있었어."

"성공해서 다행이야. 다음에 또 만들어줄게! 아, 그런데 설거지는 진짜로 맡겨도 돼? 프라이팬 같은 것도 있어서 설거짓거리가 꽤 많은데."

"괜찮아, 맡겨줘."

그렇게 배 터지게 먹을 정도로 만족스러운 음식을 대접받았으니까. 설거지 정도는 기꺼이 할 수 있다. 토이로는 끝까지 "그러면 같이 하자!"라고 말해줬지만, 여기서는 내가 해야 한다고 판단했다.

토이로가 앨범을 들고 일어나자 나도 덩달아 일어났다.

방에서 나갈 때 토이로가 "나 갈게" 하고 한 손을 들어 인사했다. 나도 가볍게 손을 들었는데, 토이로가 그 손에 짝! 하고 자기 손을 부딪쳤다.

"헤헤헤."

맞닿은 손은 그대로 떨어지지 않고 손가락을 얽으면서 내 손을 꽉 잡았다.

"마사이치. 넌 손이 따뜻하구나."

"넌 언제나 차가운 편이고. 토이로."

내가 그렇게 대꾸하자, 토이로는 묘하게 의기양양한 태도로 입꼬리를 끌어올렸다.

"그래, 맞아. 그런 말이 있잖아? 손이 차가운 사람은 마음이 따뜻하다고. 반대로 손이 뜨거운 사람은 마음이 차갑대. 이거 괜찮겠어? 마사이치 군."

"아니, 넌 그냥 수족냉증인 거잖아."

"수, 수족?! 아니거든!"

"나는 이 따뜻한 손으로 이렇게 차가운 손을 따뜻하게 데워주려고 하고 있어. 그러니까 마음도 따뜻한 거야. Q.E.D.(증명 완료)"

"우와ㅡ, 왠지 기분 나쁜 말투다ㅡ. 아무튼, 그래. 그러면 제대로 따뜻하게 해줘."

토이로는 노골적으로 불쾌한 표정을 지어 보이더니, 곧바로 표정을 풀고 킥킥 웃으면서 내 손을 붙잡은 채 걸음을 뗐다.

세리나는 외출했나 보다. 1층에는 아무도 없었다.

우리는 처음으로 집 안에서 손을 잡고 걸었다.

현관으로 나간 우리는 대문 밖에서 멈춰 섰다. 누가 먼저랄 것도 없이 맞잡은 손을 더 세게 잡았다.

"와ー, 춥다."

"어휴, 큰일 났네. 이러다 감기 걸리겠다. 어서 집에 들어가."

"응. 그럼 마사이치, 내일 또 봐."

"그래."

토이로가 어린아이처럼 맞잡은 손을 휙휙 크게 흔들었다. 그러다가 확! 하고 놨다.

"헤헤헤, 잘 자!"

가볍게 손을 흔들면서 자기 집으로 들어가는 토이로.

그 뒷모습을 지켜보면서 나는 아쉬움이 남아 있는 손바닥을 꽉 움켜쥐었다.

그것은 토이로가 나를 위해 저녁밥을 만들기 이틀 전이었다.

그날 밤, 거실에서 혼자 느긋하게 쉬고 있는 누나에게 나는 어떤 부탁을 하러 갔다.

『──돈을 빌려주세요.』

『뭐? 야, 지금 뭐라고 했냐?』

『……돈을, 빌려주세요.』

『뭐?』

『돈을──몇 번이나 다시 시키는 거야?!』

『아니, 대체 뭔데. 네가 돈이 왜 필요해?』

『사정이 좀 있어서…….』

『왜 하필 나야? 엄마한테 말해.』

『아니, 그건 좀 곤란해. 일단 사정을 들어봐……. 저기, 알다시피 이제 곧 크리스마스잖아……?』

크리스마스를 준비하려면 아무래도 돈이 필요했다.

내가 남한테 돈을 빌리는 날이 오다니……. 아니, 설마 세리나 앞에서 이렇게 고개를 숙이는 날이 올 줄이야…….

이번에는 누나 말고는 부탁할 사람이 없었다. 부모님한 테 말씀드리면 "도대체 돈을 어디에 쓸 건데?" 하고 끈질 기게 추궁당할 것이다. 그리고 나는 토이로와 커플이라는 사실(아직 임시 커플이지만)부터 설명해야 할 것이다.

하지만 세리나는 그런 대전제는 이미 알고 있었다. 그리 고 세리나에게 부탁하면, 또 여름방학 때처럼 아르바이트 를 소개해줄 가능성도 있으니까——내가 스스로 일해서 빚을 갚을 수 있을 것이다.

게다가 크리스마스 준비를 하면서 세리나에게 부탁하고 싶은 일이 하나 더 있었다. 그것 하나만 부탁하면 세리나 는 틀림없이 귀찮아할 테지만, 돈을 빌리는 김에 그것까지 부탁하면 한꺼번에 다 들어줄 가능성이 높았다. 나는 그렇 게 판단한 것이다.

『——흐응. 그렇구나. 꽤 재미있는 생각인데?』

내가 자세히 설명하자, 그걸 들은 세리나는 히죽 웃었다.

『그러면…….』

『그래. 돈은 빌려줄 수 있는데, 얼마야?』

오, 시원시원해서 좋다.

나는 오른손 손바닥을 쫙 펼쳐 보였다.

그것을 본 세리나는 말없이 소파 옆에 놔뒀던 핸드백으 로 손을 뻗었다. 그리고 나도 아는 브랜드의 모노그램 지갑을 가방 속에서 꺼냈다. 지갑의 잠금장치를 열자, 속에 빽빽하게 들어찬 지폐들이 보였다.

『자, 이거 받아.』

그러더니 세리나는 지갑에서 1만 엔짜리 지폐를 여러 장 뽑아 이쪽으로 내밀었다.

『……10만 엔이나 되는데.』

『부족하면 안 되잖아. 일단 다 가져가.』

아하. 그런 거구나. 그 말은 일리가 있었으므로, 나는 일단 그 돈을 다 받기로 했다. 안 쓴 돈은 그대로 남겨놨다가 한꺼번에 갚으면 되니까. ……설마 이자는 없겠지?

아니, 그런데…….

『저기. 대학은 안 가고 도대체 뭐 하는 거야?』

나는 세리나의 지갑을 향해 눈짓하면서 궁금한 것을 물어봤다. 지갑을 꽉 채우고 있는 저 거금은 무슨 수로…….

『난 일을 하고 있어. 아주 많이. 밤에 아저씨를 상대로. 노력의 결정체라니까.』

으, 응……. 아, 그래. 시급이 높은 카바레식 클럽 같은 데서 일한다고 했나?

『그런 짓을 하고 다녀도 돼? 대학은 괜찮아?』

『응. 난 학점은 다 이수했거든. 이제는 연구실의 연구회 활동만 남았는데. 그쪽은 이 시기에는 거의 출석은 자유니까. 자기 연구에 관한 논문만 써서 제출하면 문제는 없어.』

『오, 그래? 그러면 그 논문은 어떻게 되어가고 있는데?』

소박한 의문을 표현해봤다.

그러자 세리나의 시선은 쓱— 하고 옆으로 흘러갔다.

『뭐야, 아직 못 썼구나?』

『꽤, 괜찮아. 졸업까지는 아직 3개월쯤 남았으니까…….』

『아—, 그렇군요. 그건 아마도 1년 3개월로 연장될 것 같은데요.』

애초에 아직도 대학교에 머물 수는 있는 건가? 이미 3년이나 유급을 했는데……. 도대체 언제까지 인생의 여름방학을 늘리려는 걸까.

그때 세리나가 대놓고 크게 한숨을 쉬었다.

『어휴. 야, 내 이야기는 됐고. 너나 잘해봐.』

그냥 화제를 바꾸고 싶어서 그러는 건가? 했는데.

『토로를 꼭 기쁘게 해줘야 해. 알았어?』

세리나는 길게 찢어진 날카로운 눈으로 가만히 나를 쳐다보면서 그런 말을 했다.

그렇다. 중요한 것은 그쪽이었다.

『응. 돈은 꼭 갚을게요.』

『그래. 내가 선배에게 말해둘게. 그쪽은 언제나 일손이 부족한 것 같으니까.』

여름방학 때 해변 식당에서 신세를 졌던 코하루 씨의 온화한 미소가 뇌리에 떠올랐다. 그 아르바이트 여행이 그립게 느껴졌다. 돌이켜보니 올해는 내 인생에서 가장 충실한 여름을 보냈던 것 같다.

『응…… 고마워.』

왠지 누나에게 이렇게 고맙다고 인사하는 것은 꽤 오랜만이란 느낌이 들었다. 뒤늦게 급격히 부끄러워졌다.

*

그렇게 자금을 손에 넣은 후. 토요일인 오늘, 나는 전철을 타고 옆 동네의 역 앞에 있는 백화점에 와 있었다.

"우와아……, 이것 참……."

크리스마스까지 얼마 안 남은 휴일이라 그런가? 건물 안에는 사람들이 북적거리고 있었다. 나는 명품 매장들이 모여 있는 층에 와 있었는데, 아마도 세일 중인지 계산대 앞에서 계산을 기다리는 손님들의 줄이 바깥까지 길게 늘어져 있는 매장도 몇 군데 눈에 띄었다.

간신히 통로만 비집고 나아갈 정도로 혼잡한 상황. 이거 산소가 부족하진 않나……?

과연 목적을 달성하고 무사히 귀환할 수 있을까. 나는 그런 걱정을 하면서 인파에 휩쓸리듯이 에스컬레이터를 향해 이동했다.

3층에 도착하자 조금이나마 사람들의 물결이 잔잔해졌

다. 나는 남몰래 휴 하고 한숨을 쉬었다. 빨리 볼일을 보고 여기서 탈출해야겠다.

그런데…….

나는 오른쪽, 왼쪽, 오른쪽으로 고개를 돌리며 주위를 살펴봤다.

뭐랄까. 휘황찬란했다. 이 층 전체가 하얗게 반짝반짝 빛나고 있었다. 주로 여성을 위한 상품들이 진열된 층이라서 그런 걸까.

이런 곳에는 나 혼자는 물론이고 가족들과도 같이 와본 적이 없었다. 왠지 엄청나게 안 어울리는 곳에 온 듯한 기분이 들었다.

나는 슬쩍 시선을 내려 내 모습을 확인했다. 양판점에서 토이로가 골라줘서 샀던 검은색 패딩 재킷. 주머니가 많이 달린 카고 바지. 바지는 내가 중학교 때부터 가지고 있었던 건데, 테크웨어*인지 뭔지 하는 패션 아이템 같다면서 토이로가 "이건 쓸 만해!"라고 인정해주신 옷이었다.

그러니까 입고 있는 옷에 관해서는 기죽을 필요는 없을 것이다.

에스컬레이터 옆에 있는 안내도를 보고 목적지를 확인했다. 다행히 바로 오른쪽 옆에 있는 것 같았다.

나는 용기를 내어 그쪽으로 가려고 했다. 그런데 그때.

---

*Technology+wear. 실용적인 옷.

"네가 왜 이런 곳에 있어?"

나도 모르게 흠칫! 하고 어깨를 들썩였다.

등 뒤에서 누가 말을 건 것이다. 틀림없이 나한테 하는
말이었다.

나는 여전히 진행 방향을 향해 선 채, 머리만 삐걱삐걱
움직여 그쪽을 돌아봤다.

"아, 아니, 왜, 여기에——."

나는 무심코 그런 말을 꺼냈다.

"아니, 내가 먼저 말했잖아."

그 인물——나카소네는 나를 보면서 어이없어하는 표정
을 짓고 있었다.

"참고로 나는 쇼핑을 하러 온 거야. 어머니와 자주 여기
오거든. 어머니는 지금 4층으로 화장품을 보러 가셨어.
너는?"

"나, 나도, 쇼핑하러 왔어."

"응, 그거야 그렇겠지. 하지만 거동이 너무 수상해서 눈
뜨고 못 봐줄 지경이던데? 그냥 못 본 척하고 지나갈까?
하고 심각하게 망설였다니까."

잠깐만. 내가 그렇게 이상했나……?

"저기, 그런데 왜 나한테 말을 건 거야?"

나는 궁금한 것을 상대에게 물어봤다.

"그야 뭐, 네가 이런 곳에 있다는 것은 토이로의 크리스 마스와 관계가 있을 테니까. 그래서 뭔가 곤란한 게 있다 면 도와줄까? 하고 생각한 거야."

'당연하잖아?'란 태도로 나카소네는 팔짱을 끼면서 말 했다.

나는 무의식중에 혼잣말하듯이 중얼거렸다.

"넌 참 착하구나……."

"뭐? 야, 착각하지 마. 토이로를 위해서거든? 네가 토이 로를 위해 뭔가를 해줄 생각이라면 나도 도와줄게."

뭐지? 이 아이. 진짜로 착한 녀석이다…….

"애초에 넌 이런 곳에는 거의 와본 적이 없지 않아? 자 꾸 주위를 두리번거려서 수상해 보였다고. 어쩐지 안색도 안 좋아 보이는데?"

일단 나카소네가 나의 적이 아니란 것은 알았다. 나는 그 자리에 우뚝 서 있다가, 상대와 대화를 나누면서 통로 가장자리로 이동했다.

"이런 곳에 익숙하지 않은 것은 사실인데……. 안색도 나빠 보여?"

"응. 꽤 많이."

"아―, 응, 실은 잠이 좀 부족해서 그래."

잠을 못 잤다는 것을 과시할 생각은 없었지만, 실제로 그게 이유일 것이다. 어젯밤에는 내내 작업을 하느라 아주

잠깐 선잠만 잤을 뿐이다. 그런 상태에서 빽.

인파에 휩쓸리느라 피곤해졌다.

그런데 그걸 남에게 들킬 정도로 심각한 상태였었으니……. 이거 조심해야겠구나. 내가 그런 생각을 하고 있는데.

"……토이로는 말이지. 기대하고 있어."

나카소네가 불쑥 그런 말을 꺼냈다.

"기대?"

"응. 실은 이번 주에 토이로가 웬일로 나한테 방과 후 같이 놀자고 하더라고. 그래서 남자 친구는 어쩌고? 하고 물어봤더니, '걔는 좀 바쁜 것 같아서—'라고 대답하더라. 묘하게 기분 좋은 티를 내면서."

"아—, 그랬구나."

"하지만 네가 무슨 일을 하는지는 가르쳐주지 않는다고 했어. 그래도 비밀로 하고 있다는 것은, 토이로와 관련된 일이란 거잖아? 잠자는 시간까지 아껴가면서 노력하고 있었구나. …………도대체 뭐 하는 건데?"

와, 여기서 돌직구로 물어보는 거야?

난 토이로한테도 비밀로 하고 일을 진행하고 있는데…….

그래서 대답할까 말까 망설였다. 그때 나카소네가.

"아, 말하기 싫으면 안 해도 돼."

그렇게 한마디 덧붙였다.

아니, 꼭 말하기 싫은 것은 아니지만⋯⋯.

내 계획을 솔직하게 말함으로써 '지금 내가 여기 있는 이유'를 납득시킬 수 있다면, 나카소네에게 가르쳐주는 것도 괜찮을지도 모른다.

"그런데 나는 얼마 전에 모든 것을 다 털어놨잖아? 선배에 관해서. 너는 다 알고 있잖아. 이거 불평등한 거 아냐?"

"우와, 너 진심으로 알고 싶은 거구나?!"

나카소네가 계속 졸라대는 것처럼 말하자, 나는 무심코 그렇게 지적을 해버렸다.

"아니, 뭐⋯⋯ 그냥 좀 신경 쓰여서. 네가 토이로에게 뭘 해주려는 건지 궁금하잖아."

그렇게 시선을 옆으로 쓱 돌리면서 말하는 나카소네.

그러고 보니 예전부터 그랬다.

나카소네는 나와 토이로에 관해서 이것저것 알고 싶어 했다. 나카소네한테 토이로는 친구이자 동경의 대상이기 때문에──. 그런 이야기를 들은 적이 있었다.

그리고 내가 토이로를 행복하게 해줄 수 있는지, 토이로에게 잘 어울리는 상대인지. 나카소네는 그동안 쭉 가까운 곳에서 평가하듯이 지켜보고 있었다.

나와 나카소네는 처음부터 그런 관계였다.

나카소네의 말대로 나는 나카소네와 선배의 연애에 관해 알고 있었다. 게다가 솔직히 말하자면, 이런 나의 노력이 남한테는 과연 어떻게 보일까──어떤 평가를 받을까?
하는 궁금증도 조금 있었다.

그래서──.

"……토이로한테는 절대로 말하지 않을 거지? 적어도
크리스마스가 끝날 때까지는."

상대의 얼굴을 보면서 그렇게 물어보자, 나카소네는 고
개를 위아래로 끄덕거렸다.

"응. 비밀은 무덤까지 가져갈게."

나카소네는 무조건 토이로에게 도움이 되도록 행동할
것이다. 그러니까 센스 없게 이 깜짝 이벤트를 폭로하는
짓은 하지 않을 것이다. 틀림없이.

나는 그렇게 믿고 입을 열었다.

"어쩔 계획이냐면────."

나는 내 생각을 다 이야기했다. 왠지 좀 흥분한 것 같아
서 민망했다. 뺨이 화끈거리는 것을 느끼면서 나는 조심스
럽게 나카소네의 반응을 살폈다.

나카소네는 한동안 무슨 생각에 잠겨 있었다. 그러나 이
윽고 시선을 돌려 나를 봤다.

"──기뻐할 것 같은데?"

"정말?"

"응. 확실해."

우와! 확실하다고 인정을 받았다.

"아니, 그런데 네가 설마 그 정도로 준비하고 있을 줄은 몰랐어."

"아— 그건, 나 자신이 제대로 납득하고 싶다는 마음도 컸어."

"흐응, 그렇구나—."

나카소네는 은근히 감탄한 것처럼 내 얼굴을 뚫어져라 들여다봤다.

어찌어찌 이해를 구하는 데에는 성공한 걸까.

나카소네는 그동안 쭉 나의 '남자 친구로서의 자세'를 지켜본 것 같았다. 그래서 나는 지금 민망해진 김에 하나 물어보기로 했다.

"저기, 지금의 나는 어때……?"

내 말을 들은 나카소네는 의아한 표정으로 이쪽을 봤다.

"그게 무슨 소리야?"

"아니, 그게. 우리가 처음 사귀기 시작했을 때 네가 나한테 말했잖아. 내가 토이로에게 어울리는 남자인가——토이로를 행복하게 해줄 수 있는가——하고."

"아~."

나카소네는 또다시 잠깐 뜸을 들이더니 입을 열었다.

"응. 토이로도 틀림없이 행복할 거야. 아주 좋은 남자 친구……가 아닐까?"

나를 칭찬하기가 멋쩍은지, 저 멀리 어딘가를 돌아보면서 그런 말을 해줬다.

이번에는 뺨이 아니라 몸의 안쪽이 확—! 하고 뜨거워지는 감각이 나를 덮쳤다. 저절로 몸이 살짝 떨렸다.

"그렇구나. 다행이다."

정말로.

토이로와 가장 가까운 절친에게 그런 말을 듣다니. 왠지 안심이 되었다. 자신감도 생겼다.

내가 홀로 그렇게 감동하고 있는데.

"뭐, 아무튼 아까 하던 이야기를 하자면. 오늘 네가 여기 온 이유는 알겠어. 그래서 난 너를 도와주고 싶은데——그래, 조금만 조언을 해줄게."

나카소네가 알아서 이야기를 진행했다.

크리스마스 작전의 성공에 도움이 될지도 모르는 귀중한 여자의 조언이었다. 그래서 나는 주변의 잡음 속에서 귀를 쫑긋 세웠다.

"있잖아. 이런 것은 말이지. 무조건 브랜드가 중요한 것은 아니야. 특히 예산이 부족한 경우에는 더더욱 그렇고. 여기서 중시해야 할 것은————."

나카소네 덕분에 무엇을 사야 할지 대충 알게 되었다.

감사해야 할 것이다.

그리고 매장 직원과 이것저것 의논해 본 후, 나는 서둘러 집으로 돌아갔다. 솔직히 말하자면 시간이 별로 없었다. 이번 쇼핑과는 별개로 계획하고 있는 것이, 크리스마스까지 무사히 준비될지 어떨지 아슬아슬한 상황인 것이다.

나는 내 방에 돌아와 컴퓨터를 켰다. 휴— 하고 길게 숨을 내쉬었다.

그리고 서서히 사고의 바다에 빠져들었다. 어제에 이어서.

아마 오늘도 심연을 들여다보는 것처럼 아주 깊이 몰두하는 밤이 될 것 같았다.

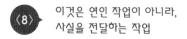

〈8〉 이것은 연인 작업이 아니라,
사실을 전달하는 작업

어떤 자료에 의하면, 산타클로스를 언제까지 믿었느냐
는 질문에 대해 50% 이상이 "초등학생 때까지"라고 대답
했다고 한다.

그 점을 고려한다면 나는 좀 조숙한 아이였을지도 모른
다. 어린이집 형님반 시절에는 산타 할아버지의 진짜 정체
를 눈치챘으니까. ……실은 내 머리맡에 선물을 놔두는 아
버지의 모습을 우연히 깨어나서 봤을 뿐이지만.

그리고 그것이 발단이 되어 어떤 사건이 터지고 말았다.
그것은 그다음 해인 초등학교 1학년 때의 일이었을 것이다.

『저기, 있잖아, 마사이치. 크리스마스가 얼마 안 남았네?』

그 당시 토이로는 언제나 머리카락을 한쪽 옆으로 모아
서 묶고 다녔다. 그 뿔처럼 튀어나온 머리카락이, 토이로
가 말할 때마다 통통 튀었던 것이 기억난다.

『올해도 산타 할아버지가 와주실까—? 지금부터 착한 아
이로 살아야겠다.』

토이로는 설렘으로 눈을 반짝반짝 빛내면서 신이 난 말
투로 말했다. 뱉어내는 숨이 하얗게 변할 정도로 추운 어
느 날 아침의 통학로였다.

153

『글쎄……. 착한 아이라니, 그게 어떤 건데?』

『어, 예를 들면, 바닥에 떨어진 쓰레기를 줍는다든가?』

그렇게 말하더니 토이로는 쪼그려 앉아서 근처에 떨어진 나뭇가지를 주웠다. ……쓰레기의 기준이 좀 허술한데.

『그 정도로는 안 될지도 몰라.』

『정말? 그럼, 그러면…… 저기 걸어가고 있는 아이의 책가방을 들어줄래!』

『모르는 사람한테 다짜고짜 그런 짓을 한다고?!』

아니, 그런 문제가 아니다.

산타 할아버지는 틀림없이 우리 부모님일 것이다. 그러니까 아버지나 어머니가 보고 있는 곳에서 착한 일을 하지 않으면 의미가 없다. 어린 마사이치는 그렇게 생각했다.

『으음, 그러면, 저녁밥은 절대로 안 남기고 다 먹을 거야!』

『응, 그래. 그렇게 하면 돼.』

내가 고개를 끄덕이자, 토이로는 기분 좋게 웃었던 것 같다.

저녁밥…… 애초에 토이로는 편식을 거의 안 하는 편이니까 이것도 그리 어렵지 않아 보였지만, 그 점은 지적하지 않고 내버려 뒀다.

『이렇게 매년 착한 아이로 지내면, 산타 할아버지도 계속 와주실까―?』

토이로가 그런 말을 했다.

여기서 그 당시의 나는 잘못된 대답을 하고 말았다.

『어—, 글쎄. 아마 어린이인 동안에는 계속 와주지 않을까?』

뭐? 하고 토이로가 이쪽을 돌아봤다.

『나이가 들면 안 오는 거야?』

『어, 응, 아마도…….』

산타 할아버지는 우리 아버지. 그 사실을 알았던 그때의 나는 어렴풋이 그 점을 눈치채고 있었다. 아마도 어른이 아이를 기쁘게 해주려고 선물을 준비하고 있는 것이리라. 그러니까 틀림없이 우리가 다 자라면, 산타 할아버지는 안 오게 될 것이다.

『거짓말이지?! 산타 할아버지는 계속 와줄 거야. 틀림없이 와줄 거라고!』

『기대하지 않는 편이 낫다고 생각하는데…….』

『마사이치, 왜 그런 말을 하는 거야? 알았다, 근거도 없이 아무렇게나 말하는 거지?! 그러면 안 돼, 거짓말하면 안 된다고.』

그런 소리를 듣자, 그 당시의 어린 마사이치는 가만있을 수 없었다.

『아냐, 나는 다 알아. 산타 할아버지는 아버지란 말이야.』

이어서 나는 작년에 목격했던 일, 또 그것을 바탕으로 한 산타 시스템에 관한 추측을 토이로에게 이야기해줬다.

그러자 토이로는 경악하여 얼굴이 순식간에 창백해졌다.

『왜, 왜 그랬어? 왜 금방 나한테 가르쳐주지 않았어? 그런 일이 있으면, 마사이치는 늘 나한테 금방 가르쳐줬잖아?』

『아니, 저번 크리스마스 때에도 이야기했는데…….. 그때는 네가 선물에 푹 빠져 있어서 내 이야기를 제대로 들어주지 않았잖아. 그래서 포기했었어.』

『그, 그랬어……? 그럼 정말로 산타 할아버지는 안 오게 되는 거야……?』

응. 나는 얌전히 고개를 끄덕거렸다.

이렇게까지 말다툼할 생각은 전혀 없었는데…….. 설마 이런 분위기가 되어버릴 줄이야.

조용해진 토이로 쪽을 힐끗 살펴봤더니, 토이로의 작은 몸이 바들바들 떨리고 있었다. 하지만 그렇게 보인 것도 잠깐이었다. 곧 토이로는 『으아앙―!』하고 큰 소리로 울음을 터뜨렸다.

당황한 나는 온 힘을 다해 토이로를 진정시키려고 애썼다. 그날은 1교시 수업에 제때 들어가지 못하고 지각해서 선생님한테 혼났다.

초등학교 6학년 겨울. 결국 나와 토이로의 집에는 동시에 산타 할아버지가 오지 않게 되었다. 틀림없이 부모님끼리 상의해서 똑같은 타이밍에 중단한 것이리라(나에게 들컸다는 사실은 부모님도 어렴풋이 눈치챘을 테지만, 그래도 그때까지 계속 해주셨다).

『마사이치. 진짜로 네 말이 맞았어.』

『뭐?』

『……진짜로 나이가 드니까, 산타 할아버지가 오지 않게 되었어.』

그때 나는 짧게 『응』이라고 대답하며 고개를 끄덕였을 것이다. 그런데 그 직후.

『아아―. 작년에 받은 그 선물이 마지막이었다니, 왠지 서글프다.』

토이로가 했던 그 한마디가 지금도 아련하게 내 귓가에 남아 있었다.

*

"안녕―? 어제는 푹 주무셨습니까?"

"응, 좀 전에 일어났으니까. 태양이 눈부시게 느껴질 정도야."

"어머나, 마사이치가 대낮까지 잠을 자다니 신기하네. ……고생이 많아."

"……그러는 너도 좀 졸려 보이는데?"

"아하하하, 나는 오늘이 기대돼서 못 잤어."

"소풍 전날의 초등학생이냐."

"앗, 간식을 깜빡했다! 현금은 있으니까 현지 조달을 하자! 간식비 300엔은 세금도 포함된 금액인가요? 말린 과일도 간식입니까?"

"아니, 좀 어른스러운 소풍처럼 연출하지 마!"

"으하하하. 아―, 오늘은 날씨가 좋아서 다행이다."

기다리고 기다리던 크리스마스이브.

정확히 약속 시간에 만난 우리는 집 앞에서 그런 대화를 나눈 다음에 출발했다.

"중학교 때 말이지―. 학교에서는 간식과 음료수가 금지되어 있었거든. 그런데 이게 그래놀라가 들어간 영양 보충식은 간식에 포함되는가? 선생님이 드신 초콜릿 빵은 간식이라고 해야 하지 않나? 등등, 이런저런 물의를 빚었어."

"응, 이것저것 따지고 드는 녀석은 꼭 있으니까."

"운동회 때에는 말이지. 특례로 스포츠 음료를 마시는 것이 허락됐는데, 이때 에너지 음료를 들고 온 녀석이 있어서―. 그때 '탄산은 안 된다', '그건 도핑이 아니냐', '애초에 그건 스포츠 음료가 아니다' 하고 별별 의견이 다 나왔거든? 그런데 에너지 음료가 뭔지 잘 모르는 교장 선생님이 '에너지를 보충하기 위한 음료라면 괜찮지 않나?'라고 한마디 하시는 바람에 그게 결국 해금됐다니까."

"진짜? 아니, 그걸로 날개를 펼쳐주면 릴레이에서도 쉽게 이기는 거 아냐? 아, 잠깐만. 다 같이 마시면 조건은 똑같은가."

"아, 참고로 교내 매점에서 파는 조그만 요구르트는 예외였어. 그건 평소에도 언제든지 마셔도 되는 거였어."

"그건 또 뭐야? 아―. 하지만, 그래. 보통은 그 지역에서만 통하는 특수한 규칙이란 게 있지."

평소처럼 별것도 아닌 이야기였다. 우리는 역까지 느긋하게 걸어갔다. 푸른 하늘 아래 우리의 발걸음은 가벼웠다.

그러다가 대화가 잠깐 끊겼을 때였다.

토이로가 자기 손등을 내 손에 톡톡 갖다 대면서 힐끔 이쪽을 봤다.

내가 그 작은 손을 잡아주자, 토이로는 내 얼굴을 들여다보면서 "에헤헤" 하고 웃었다.

토이로는 하얀색 체스터 코트*와 살랑거리는 재질의 롱스커트를 입고, 갈색 쇼트 부츠를 신고 있었다. 목에는 머플러를 둘렀는데 그 위에서는 금빛 진주 귀걸이가 반짝거리고 있었다. 또 가느다란 손목에는 손목시계를 차고 있는 것이 소맷부리 끝을 통해 살짝 보였다. 흰색 시곗줄이 달린 작은 손목시계였다. 그리고 어깨에는 토트백을 메고 있었다.

"가방 들어줄게."

"아냐, 됐어. 괜찮아. 가벼우니까."

---

*무릎까지 내려오는 클래식한 코트.

"그래? 그럼 피곤해지면 말해."

"응!"

토이로가 기운차게 고개를 끄덕이더니 맞잡은 손을 획획 흔들었다.

그 덕분에 나도 덩달아 즐거운 기분을 느끼면서 역으로 걸어갔다.

우리 동네 역에서 10분쯤 전철을 타고 이동하면 바다와 가까운 큰 역에 도착한다. 이곳의 항구에는 '하버'라고 불리는 개방된 형태의 쇼핑몰이 있었다. 수많은 옷 가게, 잡화점, 음식점이 늘어서 있는 이 공간에는 덤으로 귀신의 집이나 관람차도 있어서 시간을 보내기 딱 좋았다.

오늘 우리의 목적지는 바로 이곳이었다.

하버에 들어간 우리는 그 분위기를 즐기면서 쭉 걸어갔다. 이 도시의 상징인 철탑을 바라보면서, 폭이 5m쯤 되는 운하에 걸려 있는 다리를 건넜다. 그 후 나무 계단을 발견해 그 위로 올라갔다. 꽃들이 풍성하게 심겨 있는 정원을 지나, 액세서리 노점들이 곳곳에 있는 장소로 나왔다. 양옆에는 유럽의 길거리처럼 꾸며놓은 건물들이 줄지어 있었고, 그곳에 다양한 매장들이 입점해 있었다. 또 복잡한 골목길로 들어가 보면 거기서도 가게를 발견할 수 있었다.

"이런 데서 깡통차기 놀이를 해보고 싶다."

"아—. 그러게. 자세한 규칙을 정하고 상금도 준비해서 해보면 좋겠네. 재미있을 것 같아. 뭐, 이곳 전체를 빌리지 않으면 안 될 테지만."

"어—. 그렇지. 특히 오늘은."

토이로의 말이 맞았다. 지금 이 상태에서 깡통차기를 했다간 엄청난 민폐일 것이다. 주위에 사람들이 잔뜩 있으니까.

이곳은 멋진 거리라고 전국적으로 알려져 있었고, 또 데이트 장소로도 유명했다. 크리스마스처럼 특별한 날에는 다른 지역에 사는 사람들도 우르르 몰려와서 인산인해를 이루었다. 그리고 그 손님들은 대부분 남녀 2인조였다.

그런 곳에서 깡통차기를 한다면 당연히 맹렬한 빈축을 사게 될 것이다.

여기서는 얌전히 주위의 달콤한 분위기에 녹아드는 것이 철칙이다.

아니, 뭐, 실제로는 아마 손잡고 걸어가는 우리는 이미 제삼자가 보기에는 훌륭한 커플처럼 보일 테지만……

그런 생각을 하면서 걷다가 어느새 탁 트인 광장에 도착했다.

거기서 눈에 띈 것은 무려 키가 10m나 되는 것 같은(인터넷에서 미리 조사한 정보) 거대한 트리였다.

"우와…… 굉장하다."

토이로가 탄성을 발했다.

진녹색 트리에는 알록달록한 장식물들이 달려 있었다. 반짝거리는 금속성 공, 선물처럼 생긴 상자, 종, 눈사람, 산타 모자, 눈 결정. 그리고 꼭대기에서는 크리스털로 된 큼직한 별이 햇빛을 받아 반짝반짝 빛나고 있었다.

"이거 말이야, 밤이 되면 좀 더 멋있어지겠지?"

"응, 진짜로. 아직 불을 안 켰잖아. 이따가 밤에도 꼭 오자!"

"그래."

틀림없이 무척 아름다운 광경을 볼 수 있을 것이다.

나는 고개를 끄덕이면서 신기한 기분을 느꼈다.

크리스마스 날 토이로와 단둘이 이런 곳에 와 있다니. 멋진 거리에 있는 트리 앞에 서 있고, 주위에는 데이트하는 커플들이 잔뜩 있고──. 그리고 오늘은 밤까지 같이 있을 예정이었다.

우리가 만난 지 10년이 넘었는데도 이것은 처음 경험하는 일이었다. 새삼스레 생각하니 놀라웠다. 설마 이런 날이 올 줄이야…….

그날 강가에서 토이로가 그 한마디를 하지 않았더라면. 임시 계약을 맺지 않았더라면. 아마 이렇게 되지는 않았을 것이다. 그렇게 생각하자 왠지 좀 오싹해졌다.

처음에는 솔직히 말해 당황스러웠다. 그러나 지금은 이미——이렇게 둘이 손을 잡고 있는 모습 말고는 상상조차 못 하게 되었다.

그리고 이런 상황에서 오늘 나는 또 한 걸음을 앞으로 내디디려고 한다——.

*

하버까지 온 것은 좋았는데, 우리 둘 다 계획은 없었다. 밤까지 특별히 정해둔 스케줄이 없는 것이다.

"미안. 나 딱히 정한 것이 하나도 없는데. 지금부터 뭐 할래?"

"응? 아냐, 괜찮아——. 나도 아무 생각도 안 했는걸. 그냥 적당히 여기저기 돌아다니면 될 거라고 생각했으니까."

"어, 그럼 적당히. 일단 한 바퀴 돌아볼까?"

"응! 바다에 면한 데크 쪽에서는 다양한 크리스마스 이벤트를 하고 있는 것 같아."

"그렇구나. 바다는 아마 이쪽일 거야."

우리는 느긋하게 걸음을 뗐다.

딱히 정해둔 목적도 없이, 시간에 쫓기지도 않고 즉흥적으로 돌아다니면서 재미있게 노는 것——. 그것은 평소 우리의 모습이었다. 크리스마스까지 그런 식으로 지내도 되나?

하는 의문도 들지만, 일단 토이로가 먼저 그러자고 제안했으니까, 문제는 없을 것이다.

사실 나는 오히려 이런 차분한 분위기를 더 좋아하기도 했다.

이렇게 딱히 신경 쓸 것 없이 편안하게 둘이 여유를 즐기는 시간이 좋았다.

구불구불한 통로를 따라 이동하다가 이윽고 나무 바닥으로 된 데크에 도착했다.

"앗, 저기 산타가 있어."

"진짜네. 인형탈을 쓰고 과자를 나눠주고 있나 봐."

"와, 그러면 무사히 간식을 현지에서 조달할 수 있겠다!"

"응? 저걸 받는 사람은 죄다 어린애들인 것 같은데……."

"……우리는 아직 성인이 아니니까 괜찮잖아?"

"어린이의 기준이 널널하구나."

그런 이야기를 하고 있는데, 산타 인형탈을 쓴 누나가 우리의 존재를 눈치채고 이쪽으로 걸어왔다.

"자, 받아. 해피 메리 크리스마스."

"앗, 감사합니다! 해피 크리스마스—."

산타에게 과자를 받고 기뻐하는 것처럼 나를 돌아보는 토이로.

자연스럽게 나까지도 리본 달린 조그만 주머니를 받게 되었다.

"와, 잘됐다. 틀림없이 요새 착한 아이로 지냈기 때문일 거야."

"두뇌는 어린이인 여고생 씨. 크리스마스를 위해서 그동안 어떤 선행을 하셨습니까?"

"밤에는 가능한 한 과자를 먹지 않으려고 꾹 참았어. 살찌지 않도록."

"그건 순전히 자기 자신을 위한 일이잖아."

건강을 생각하는 착한 아이였을 뿐이다. 방금 그 이야기를 들었다면, 산타도 선물을 줄까 말까 좀 고민했을 것이다.

"아하하하, 농담이고―. 그 외에도 나는 날마다 똑똑하게 잘 지냈어―. 올해도 선물을 받을 수 있을까? 하고 걱정하는 아이처럼. 두근두근. 안절부절."

"착한 아이로 지내면서 이날을 기다린 거야?"

"응!"

토이로는 후후! 하고 의기양양하게 웃었다.

"이거 봐, 과자 중에 초콜릿이 있어! 좀 먹고 갈래?"

"그러자."

우리는 바다에 면한 난간 옆으로 이동했다. 데크 중앙에는 자동으로 연주되는 앤티크 오르골이 설치되어 있어서, 부드러운 음색의 크리스마스 노래가 바람에 실려 여기까지 날아오고 있었다.

난간에 기대어 경치를 바라봤다. 정면에는 제방으로 막힌 'ㄷ' 자 형태의 작은 만이 있었고, 그 오른편에는 넓은 바다가 펼쳐져 있었다. 군청색 바다가 넘실넘실 파도치는 광경을 바라보면서 우리는 좀 전에 받은 과자 주머니를 개봉했다.

"으음, 이거 맛있다."

바람에 날리는 머리카락을 귀 뒤로 넘기면서 초콜릿 쿠키를 오물오물 먹는 토이로.

"이쪽에는 그건 없는데."

"아, 내용물이 다르구나? 그러면 이거 받아."

토이로가 먹다가 반쯤 남긴 쿠키를 포장지째 건네줬다.

"어, 먹어도 돼?"

"응. 먹어봐. 맛있어."

그것은 별생각 없이 과자를 나눠 먹는 평소의 소꿉친구 작업 같은 감각이었다.

나는 토이로의 제안에 고마워하면서 그 쿠키를 받아 입에 집어넣었다.

……음. 달콤하다.

나는 쿠키 맛의 감상을 이야기하기 위해 입을 열려고 했다. 그때 토이로가 히죽히죽 웃는 얼굴로 이쪽을 보고 있는 것을 눈치챘다.

"왜 그래?"

"후후후. 간접 키스를 했네."

돌연 생각지도 못한 말이 튀어나오자, 나는 놀라서 가슴이 두근거렸다.

뭐지? 평소에는 그런 말은 안 하잖아.

"연인 작업이야?"

"으응―? 아닌데. 자연스럽게 간접 키스구나― 하는 생각이 들어서. 이건 사실을 전달하는 작업이거든?"

그러더니 토이로는 쿡쿡 웃었다.

나를 놀리는 것 같았다.

"어때, 가슴이 두근거렸어?"

"아니, 그냥 사실을 전달받았을 뿐이니까."

"그래도 새삼스레 그런 말을 들으면 괜히 의식하게 되잖아? 마사이치 군. 얼굴이 빨개졌는데?"

"아니거든……?"

역시 나를 놀리고 있구나. 좋아, 알았다. 나는 조금이라도 복수를 해주기로 했다.

"토이로. 너의 간접 키스는 굉장히 달콤했어."

"뭐?!"

"농후하고 농밀하고 황홀한 단맛이었어. 잘 먹었습니다."

"자, 잠깐만, 이상한 말은 하지 마."

그렇게 톡 쏘아붙이면서 토이로는 팔꿈치로 내 옆구리를 쿡 찔렀다. 아파, 아프다고.

그러나 토이로의 뺨이 약간 붉어진 것을 보고 나는 무심코 피식 웃었다.

키스는 둘이 하는 것이다. 여기서는 둘 다 한 대씩 주고받고 무승부인 것으로 하자.

그나저나 간접 키스란 주제로 이렇게 호들갑을 떨다니, 마치 풋풋한 초보 커플 같구나. 실제로는 알고 지낸 지 10년이 넘는 소꿉친구인데…….

하지만 커플로서는 햇병아리나 마찬가지였다. 그래서 이렇게 신선한 기분을 맛볼 수 있다고 생각하니까 왠지 가슴속이 간질간질한 느낌이 들었다.

"고마워. 쿠키를 나눠줘서."

"아, 공짜로 준 것은 아니거든? 네 과자와 교환할 거야."

"그런 것은 칼같이 계산하는구나?"

나는 작은 주머니의 입구를 열었다. 그러자 "이걸 반씩 나눠 먹자―"라고 하면서 토이로가 설탕 뿌린 쿠키를 손가락으로 집어 갔다.

"저기, 그런데 간식비는 최대 300엔으로 정해져 있잖아? 하지만 이것은 실질적으로는 공짜로 손에 넣은 거니까. 예외로 쳐도 되겠지?"

"도대체 왜 이번 크리스마스 데이트에 소풍의 규칙이 적용되고 있는지는 모르겠는데……. 아니, 잠깐만. 진짜 소풍에서 그랬다간 선생님한테 혼나는 거 아냐?"

그런 논리가 통한다면, 자신이 산 과자를 친구에게 일단 팔았다가, 다시 그것을 싼 가격으로 팔아 달라고 부탁해서 원가를 낮춘다든가 하는 식으로 다양한 꼼수가 생길 것이다. ……아니, 그렇게까지 진지하게 생각할 만한 문제도 아니지만.

　"에이—, 뭐, 어때. 오늘은 진짜 소풍은 아니니까 괜찮잖아? 300엔으로 더 많은 간식을 조달하자—!"

　"정말 괜찮은가……? 음, 그러면 마트나 편의점에 갈 거야?"

　"Non, Non. 그러면 정가로 살 수밖에 없잖아? 이런 경우에는 역시 거기에 가야지."

　토이로가 자신만만한 미소를 지었다.

　그것만 보고도 나는 토이로가 무슨 말을 할지 대충 짐작했다.

　"게임 센터구나."

　"응! 이 건물 3층에 커다란 게임 센터가 있거든."

　"괜찮을까? 차라리 가게에서 사는 편이 더 싸게 먹혔겠다! 하고 투덜거리는 미래가 벌써 보이는 것 같은데."

　"후후후. 그러니까 우리 둘이 열심히 해보자. 둘이 합쳐 600엔. 그것으로 가게에서 사는 것보다 더 많은 과자를 손에 넣는 거야. 둘이 협력해서 작전을 짜서, 시간을 들여 천천히 적당한 게임을 골라보자고."

"오—, 그렇게 말하니까 재미있을 것 같은데? 좋아, 한 번 해볼까!"

"와, 좋아. 가자, 가자! 이러고 있을 때가 아니야!"

손에 들고 있던 과자를 허둥지둥 먹기 시작하는 토이로.

"천천히 먹어. 굳이 서두를 필요는……."

"아하하, 그건 그래. 과자는 맛을 제대로 음미하면서 먹어야지."

역시 우리의 데이트에서는 게임 센터가 빠질 수 없나 보다. 크리스마스 데이트도 예외는 아니었다.

그것을 소꿉친구 작업이라고 생각하지 않고 평범한 데이트의 일부라고 생각하게 되었으니, 그 점에서는 그나마 좀 성장한 게 아닐까. 나는 몰래 그런 생각을 해봤다.

☆

결국 나와 마사이치는 둘 다 게임 센터에서 순식간에 돈을 잃고 말았다.

우리가 손에 넣은 것은 조그만 초콜릿 한 개. 300엔씩 쓴다는 규칙에 따라 이러쿵저러쿵 서로 의논하면서 신중하게 게임에 도전했는데, 그 결과는 패배였다.

하지만 그 후 레이싱 게임도 하고, 북 치기 리듬 게임도 하고, 평소에는 안 하던 코인 게임도 하고. 그렇게 매우 즐겁게 놀았다.

참고로 그 초콜릿은 마사이치가 나에게 양보했다. 맛있었다.

게임 센터에서 나온 다음에는 느긋하게 걸으면서 가게들을 구경하고 다녔다.

다소 전위적인 잡화점을 쭈뼛쭈뼛 들여다보기도 하고, 추억의 인기 애니메이션 일러스트 전시회를 발견해 흥분하기도 하고.

아이스크림 가게 앞에서는 내부에 조명이 들어가 반짝반짝 점멸하고 있는 커다란 눈사람 조형물을 발견해서, 그 앞에서 둘이 모여 사진을 찍기도 했다. 스마트폰을 셀카 모드로 바꾸고 내가 셔터를 눌렀다.

"자, 마사이치, 웃어, 웃어."

"으, 응."

"어휴, 뭐야. '피식' 웃지 말고 '생긋' 웃으란 말이야!"

"이, 이렇게?"

"그건 '히죽'이고! 생글생글 웃으라니까."

이유는 몰라도 카메라 앞에서는 잘 웃지 못하는 마사이치를 어떻게든 웃는 얼굴로 만들어서 사진을 촬영했다. 이렇게 해도 되는 걸까……?

거기서 또 조금 이동했더니 이번에는 '운명의 오솔길'이라는 나무로 된 입간판이 눈에 띄었다. 좁은 통로로 들어가

보니 좌우에 보라색 천으로 칸막이를 해둔 부스가 여러 개 있었다. 거기서 다양한 종류의 점을 볼 수 있는 것 같았다.

"설마 패블러스 님도 있는 건 아니겠지?"라고 마사이치가 말했다.

"아, 그 사람은 진짜 족집게였어."

지난여름에 패블러스 님의 점 때문에 마유가 우리를 의심하게 되는 사건이 있었다. 우리는 그걸 떠올리고 같이 웃었다.

1,000엔으로 두 사람의 궁합을 봐준다는 수정 구슬 점집이 있어서 우리는 그 부스에 들어가 보기로 했다.

부스 주인은 은발 머리 여성이었다. 그 사람은 우리의 프로필을 듣고 수정 구슬을 들여다봤다. 그리고 즉시 "두 사람은 찰떡궁합인 최고의 커플입니다"라고 인정했다.

예상대로라고 해야 하나. 역시 커플 취급을 당하는구나. 우리가 임시 커플이란 사실을 꿰뚫어 본 패블러스 님을 능가하기란 쉽지 않은 모양이다.

하지만…….

"틀림없이 두 분은 행복해지실 거예요. 메리 크리스마스."

그런 점술가의 이야기를 듣고 마사이치는 "그런가요. 다행이네요" 하고 진지한 태도를 보였다. 그 결과에 만족한 것 같아서 나도 무척 기분이 좋아졌다.

──뭐, 그렇게 우리는 크리스마스 데이트를 실컷 즐
겼다.

　더할 나위 없이 즐거웠는데──그 시간 동안에 나는 계
속 안절부절못하고 있었다.

　──슬슬 때가 됐나?

　실은 데이트를 하면서 나는 내내 그 생각만 하고 있었다.
　후야제에서 마사이치가 말해줬던 그 감정의 다음 내용.
아마도 오늘 그 이야기를 듣게 될 것 같은데…….
　『──미안. 사실 이런 것은 좀 더 제대로 전하고 싶어.
그러니까 조금만 더 시간을 줄래?』
　그때 그 마사이치의 목소리가 머릿속에서 되살아났다.
　마사이치가 이번 크리스마스를 앞두고 뭔가를 준비한다
는 것은 알고 있었다. 아마도 그것은 나를 위한 것일 텐데.
그렇다면 오늘 무슨 일이 있지 않을까? 그런 생각을 막을
수 없었다.
　……하지만. 대체 언제 해주려는 걸까?
　저녁이 되어 하늘이 조금씩 어두워짐에 따라 내 마음은
점점 더 초조해졌다. 가슴이 너무 심하게 두근거려서, 언
젠가는 못 버티고 터져버릴 것만 같았다──.

☆

"저기, 있잖아. 슬슬 저녁 먹지 않을래? 어딘가에서 저녁은 먹고 집에 갈 거지?"

나는 손목시계를 확인하고 마사이치에게 그렇게 물어봤다.

오후 5시가 넘은 시각. 딱 좋은 시간대일 것이다. 간식은 좀 먹었지만, 꽤 열심히 걸어 다녔기 때문에 슬슬 배도 고팠다.

"아―, 응, 시간이 다 됐네. 그럼 이동할까?"

마사이치도 스마트폰 화면을 힐끗 보더니, 왼쪽에 있는 계단을 턱짓으로 가리켰다.

"응? 위로 가자고? 어디 가고 싶은 곳이라도 있어?"

"어―, 실은 예약을 해놨거든. 5시 30분에."

뭐, 정말? 하고 놀랐다.

"예약? 진짜로?"

"응. 인터넷에서 그런 정보를 봤거든. 이 주변은 크리스마스에는 사람이 많으니까, 사전 예약을 받는 식당을 찾아서 예약하는 편이 좋다고 했어."

"우와……. 고마워."

"하지만 나도 그걸 좀 늦게 알아서. 예약이 비어 있는 곳은 한 군데밖에 못 찾아. 파스타 가게인데, 괜찮아?"

"좋아해……."

"응?"

"앗, 파스타, 파스타를 좋아한다고."

와, 진짜야?

마사이치가 이런 일까지 신경 써서 해주다니. 깜짝 놀랐다.

더구나 우리가 찾아간 가게는 엄청나게 근사했다. 벽돌로 된 입구로 들어가면, 좀 어두운 가게 안을 비추는 펜던트 조명의 오렌지색 불빛을 따라 저 안쪽으로 인도되는 느낌이었다. 이런 곳은 동성 친구하고도 같이 와본 적이 없었다.

그런데 앞장서서 성큼성큼 안으로 들어가는 마사이치.

이제는 가슴이 두근거리는 정도가 아니라 전율해서 몸이 크게 떨리기까지 했다.

잠깐만, 뭐야? 이 멋진 에스코트는.

마사이치의 그런 뒷모습이 갑자기 듬직해 보여서 내 가슴이 빠르게 뛰었다.

지금 나는 완전히 마사이치를 남자로 의식하고 있었다.

자리에 앉자, 종업원이 살며시 메뉴판을 펼쳐 놔줬다. "메뉴가 정해지면 불러주세요." 그런 말을 하면서 꾸벅 인사를 했다.

클래식 BGM이 잔잔하게 흐르는 아주 차분한 분위기의

식당이었다.

"괴, 굉장히 어른스러운 식당이네."

나는 마사이치에게 소곤소곤 말을 걸었다.

"그러게. 여기서 와인 같은 것을 마시면 멋있을 텐데."

그렇게 말하면서 마사이치는 슬쩍 주위의 테이블을 둘러봤다. 나도 흉내 내어 살펴봤더니, 와인 병과 잔이 세팅된 테이블이 많아 보였다.

"걱정 마. 난 오렌지주스만 마셔도 취할 수 있으니까."

"그거 불법 오렌지인 거 아냐?"

"우선 오렌지부터 시킬게요."

"우선 맥주부터 시킬게요~ 같은 톤으로 주문하지 마."

소리 죽여 웃느라 힘들었다. 나는 킥킥 하고 어깨를 들썩거리면서 메뉴판을 넘겨봤다.

"난 이걸로 할까? 새우 어쩌고저쩌고하는 크림 파스타."

"가차 없이 생략하는구나. 고심해서 멋지게 붙여놓은 메뉴 이름인데."

"읽기는 어렵지만, 왠지 분위기상 맛있을 것 같지 않아?"

"응, 애초에 크림 파스타는 전부 다 맛있으니까."

"여기 이 어쩌고저쩌고 미트소스 파스타도 맛있어 보여서 좀 고민했는데."

나는 페이지를 가볍게 넘겨서 또 하나의 후보였던 파스타를 가리켰다. 이렇게 듬뿍 들어간 고기는 포기하기 어렵

단 말이지. 내가 그런 생각을 하면서 사진을 들여다보고 있는데.

"그래? 그럼 내가 그걸 주문할게."

마사이치가 그렇게 말했다. 이어서.

"나눠 먹으면 둘 다 먹을 수 있잖아?"

나는 깜짝 놀라 마사이치의 얼굴을 쳐다봤다.

"그런 기술은 어디서 배웠어?"

"기술?"

"방금 남자 친구 작업을 했잖아. 기존의 마사이치였다면 망설임 없이 냉큼 페페론치노를 골랐을 텐데. 계란이 올라간 거. 그런데 왜 갑자기 나눠 먹자는 거야?"

"아, 응. 너 예리하구나? ……네, 맞습니다. 인터넷에서 배웠습니다."

나는 무의식중에 웃음을 터뜨리고 말았다. 와, 이렇게 빨리 실토하다니.

"아하하하. 고마워. 기뻐. 하지만 네가 좋아하는 것을 먹어도 돼."

"아냐, 미트소스 파스타도 맛있어 보였거든. 나도 먹고 싶다고 생각했어. 정말로. 그러니까 이걸로 할게."

"정말 괜찮겠어……? 우와, 잘됐다. 그럼 내 크림 파스타도 나눠줄게."

"와, 고마워."

"한 입만."

"너무 적은데?!"

"아하하! 농담이야, 농담."

나는 기분 좋게 종업원을 부르는 벨을 눌렀다.

"저기, 있잖아. 그 외에는 또 어떤 기술을 배워왔어?"

"아— 레스토랑 편의 기술은 말이지. 자기가 시킨 음식도 먹기 전에, 우선 여자 친구에게 사진을 찍게 해준다."

"아하하하. 그거 공감이 가는데? 왠지 사진은 찍고 싶을 것 같아."

와, 뭐야? 마사이치, 이 녀석. 남자 친구 작업의 완성도가 눈에 띄게 좋아졌는데? 너무 귀엽다.

……나를 위해서 그렇게 해준 거지?

이러면…… 앞으로 무슨 일이 일어날지, 점점 더 기대하게 되잖아.

너무너무 기대돼서 더 이상 참기 어려울 정도였다.

☆

식당에서 나와 보니 하늘은 완전히 어두워져 있었다. 그 대신 가게의 창문, 벽면, 가로수 등을 장식하고 있는 일루미네이션이 한층 더 환하게 빛나고 있었다.

"……이제 어쩔래?"

나는 찬바람에 맞서 코트 옷깃을 여미고 힐끔 옆을 살피면서 물어봤다.

"아까 그 거대한 트리. 구경하러 가볼래?"

"응!"

계단으로 내려가서 그 트리가 있는 광장으로 갔다. 낮보다도 몇 배나 더 사람이 많았는데, 그 인파 안쪽에서 트리는 압도적인 존재감을 발산하고 있었다.

빨강, 초록, 푸르스름한 하양, 그리고 눈 부신 빛과 교대로 깜빡거리는 조명. 트리에 걸려 있는 장식물들은 물론이고 주위의 건물과 지면과 사람들에게도 그 밝은 빛이 부드럽게 쏟아지고 있었다.

"예쁘다⋯⋯."

가만히 바라보고 있으려니 그 빛 하나하나에, 장식물들의 반짝임에 저절로 멍하니 시선이 빨려 들어가는 듯한 감각이 나를 덮쳤다.

"정말 예쁘네⋯⋯."

마사이치도 옆에서 그렇게 중얼거렸다. 그리고 한마디 덧붙였다.

"이렇게 큰 트리는 처음 봐."

"응, 나도. 굉장해."

"그래? 놀이공원이나 테마파크 같은 곳에는 이거보다 더 큰 트리가 있다고 들었는데."

"크리스마스 시즌에 그런 곳에는 가본 적이 없어."

인파를 헤치고 돌격하기도 힘들 것 같아서 우리는 그냥 그 자리에 머물러 트리를 구경하고 있었다.

그렇게 시간이 얼마쯤 지났을 때.

"저기, 바다 쪽에도 한번 가볼래?"

주위의 소음에 소리가 묻혀버리지 않도록 내 귓가에 입을 가까이하면서 마사이치가 그렇게 말을 걸었다.

"응, 가자."

내가 고개를 끄덕이자, 마사이치는 말없이 내 손을 잡았다.

예상치 못한 일이라 깜짝 놀랐다. 마사이치의 온기가 뜨거울 정도로 강하게 전해져왔다.

그에게 손을 잡힌 채 나는 데크에서 바다로 뻗어나간 부두로 내려갔다.

우리가 좀 전까지 있었던 일루미네이션으로 가득한 개방형 쇼핑몰과는 달리, 이곳은 오렌지색 가로등 불빛만이 은은하게 주위를 비춰주고 있었다.

부두에서 바다 쪽으로 다가가자, 세 단쯤 되는 계단이 보였다. 부두 이쪽 끝에서 저쪽 끝까지 좌우로 길게 이어진 계단. 그곳에는 일정한 간격을 두고 커플들이 띄엄띄엄 앉아 있었다. 시끄러운 소음에서 벗어난 이 장소는 비밀스러운 휴게소 역할을 하는 듯했다.

그런 커플들 사이에 넉넉하게 남아 있는 공간이 있었다. 우리도 거기에 좀 앉기로 했다.

"여기가 숨은 명당이네."

내 말에 마사이치도 고개를 끄덕였다.

"느긋하게 바다를 구경하려고 왔는데, 이런 곳이 있을 줄은 몰랐어."

"응, 계단식으로 되어 있어서 데크 쪽에서는 안 보였으니까."

"맞아. 좋은 곳을 발견했네."

마사이치와 나는 두 번째 계단에 나란히 앉았다. 우리의 시선은 자연스럽게 정면의 바다 쪽으로 향했다.

"오늘은 꽤 많이 걸었는데. 피곤하지 않아?"

마사이치의 목소리가 차분하게 들려왔다.

"괜찮아, 괜찮아. 마사이치, 너는?"

"나도 괜찮아."

"실은 좀 더 놀고 싶을 정도야. 벌써 밤이야—? 하고 놀랐는걸. 참 많은 일이 있었지."

"어—, 그렇지. 트리도 보고, 게임 센터에도 가고, 여기저기서 사진도 찍었잖아? 또 점도 보러 갔고."

"맞아, 맞아. 초콜릿도 먹고 쿠키도 먹고 파스타도 먹었어."

"넌 세상을 떠날 때 무조건 먹는 장면만 주마등처럼 떠오를 것 같다."

"아하하하. 그럼 행복한 인생이었다는 뜻이겠네."

하지만 그것도 '누구와 같이 먹었느냐'가 중요하다는 느낌이 들었다. 그 주마등에 마사이치의 모습이 많이 나오면 좋겠다. 나는 웃으면서 그런 생각을 했다.

대화가 끊기자, 밀려왔다 돌아가는 파도 소리만 주위에 울려 퍼졌다. 듣기 좋은 소리였다.

나는 몰래 옆을 살펴봤다. 커플들은 모두 다 딱 붙어 있는 것 같았다.

……흠.

나는 슬금슬금 엉덩이를 움직여 마사이치에게 좀 가까이 다가갔다.

마사이치도 그걸 눈치챘는지 팔을 들었다. 그리고 내 허리에 팔을 두르려고──하다가, 잠시 그대로 움직임을 멈췄다.

"……토이로."

목이 잠긴 것처럼 작은 소리였다.

"응, 왜?"

"……저기, 평소처럼 꽉 안아도 돼?"

나도 모르게 웃음이 나올 뻔하여 입꼬리가 씰룩거렸다. 아니, 말투가 너무 귀엽잖아?

굳이 허가를 받을 필요는 없는데.

"응."

내가 짧게 대답하자, 그는 얼른 뒤에서 나를 끌어안았다.

내 배를 감싸듯이 팔을 두르면서 등을 완전히 뒤덮는 형태로. 꽉 하고 강하게, 가만히 길게 끌어안았다.

"……이러고 있으니까 따뜻하다."

"응."

"마사이치, 너도 춥지 않아?"

"지금은 계속 밖에 있어도 될 것 같아."

겨울 추위를 구실로 삼아 우리는 그런 자세를 유지하고 있었다.

처음 꽉 안겼던 것은 분명히 화톳불 축제 때였을 것이다. 그때 재미를 붙였다고 표현하기는 좀 그럴지도 모르지만, 아무튼 그 후로 몇 번이나 이렇게 마사이치에게 안기게 되었다. 그래, 한번은 기누스 기록을 구실로 삼은 적도 있었나.

아아―. 행복하다.

이 도시의 상징인 철탑이 조명에 의해 하얗게 빛나고 있었다. 그 불빛이 검은 바다를 비추어 파도가 반짝반짝 빛났다. 계속 봐도 질리지 않는 풍경이었다.

밤이 되어 하늘은 어두워졌지만, 주위의 경치는 아직 밝았다. 크리스마스를 꾸며주는 이 거리의 불빛 속에서 우리도 이루 말할 수 없이 행복한 시간을 보내고 있었다.

지금 이 순간, 소꿉친구라는 감각은 전혀 없었다. 우리는 연인이었다.

어린 시절부터 같이 있었던 마사이치와……

몹시 신기한 감각이었다. 설마 지금 이러고 있을 줄은 몰랐다.

"……마사이치."

"응?"

내 등을 뒤덮은 온기에서 희미한 목소리가 들려왔다. 나도 모르게 "좋아해"라고 말할 뻔했다가 그 말을 목구멍 속으로 꾹 밀어 넣었다.

아직은 안 돼. 지금은 마사이치의 진심을 듣기 위해 기다리는 중이잖아. 그것을 무시하고 내가 먼저 좋아한다고 말해버리는 것은 뭔가 잘못된 느낌이 들어.

나는 묵묵히 등 뒤에서 나를 감싸고 있는 그의 팔을 품속에 꼭 끌어안았다.

틀림없이 오늘일 것이다. 마사이치는 그때 그 이야기의 뒷부분을 들려줄 것이다. 그래, 지금 분위기가 진짜 좋지 않은가. 타이밍이 완벽했다. 자, 이제 슬슬 시작하려나? 그런 짐작을 해보고 있었는데.

"저기, 토이로——."

시작됐다! 하고 생각했다. 와, 어떡해, 큰일 났다. 아직 마음의 준비가. 아니, 시간은 충분히 있었을 텐데도 막상 그 순간이 닥쳐오니까…….

　나는 약간 패닉상태에 빠져버릴 것 같았다.

　그런데 예상도 못 한 한마디가 내 귀에 푹 꽂혔다.

　"슬슬 돌아갈까?"

　"……뭐?"

　내가 깜짝 놀라 뒤를 돌아보자, 마사이치는 똑바로 내 눈을 보면서 천천히 입을 움직였다.

　"토이로. 너에게 보여주고 싶은 것이 있어——."

부두에서 다시 출발한 우리는 전철을 타고 익숙한 우리 집의 내 방으로 돌아왔다.

그동안 둘 다 거의 말이 없었다. 그래서 긴장감은 점점 더 고조됐다. 방에 들어갈 때는 심장이 쿵쿵 심하게 뛰어서 그 소리가 토이로에게 들리지 않을까? 하고 걱정될 정도였다.

그와 동시에 '마침내 이 순간이 왔구나'라는 고양된 감정 같은 것도 느껴졌다. 그래서 나는 조용히 피식 웃음을 흘렸다.

스스로 생각해봐도 너무 흥분해서 뭐가 뭔지 모를 기분이었다.

일단 진정하자. 나는 방에 들어가자마자 차를 준비하기 위해 다시 나가려고 했다.

그런데 그 전에 토이로가 먼저 입을 열었다.

"저기, 있잖아. 마사이치. 이건 크리스마스 선물이야."

"어?"

나는 무심코 소리를 냈다.

토이로가 데이트하는 동안에도 쭉 어깨에 메고 있던 토트백에서 붉은색으로 포장된 네모난 상자를 꺼낸 것이다.

"아니, 그게─. 어떤 타이밍에 선물을 주면 좋을지 모르 겠더라고."

"와, 불쑥 이런 걸 주다니. 놀랐잖아. ……열어봐도 돼?"

"응! 열어봐."

토이로가 생글생글 웃는 얼굴로 지켜보는 가운데, 나 는 선물을 포장한 리본을 풀고 포장지의 테이프를 살살 뜯었다.

그러자 하얀 상자가 나타났다. 뚜껑을 열어보니 그 안에 는──.

"오, 머그컵이네?"

"응!"

"두 개나 있잖아!"

"응, 머그컵 한 세트야!"

상자 안에는 곰이 그려진 하얀색 머그컵이 들어 있었다. 곰이 입고 있는 옷의 색깔이 각각 달랐다. 아마도 내 것은 파란색이고 토이로의 것은 빨간색일 것이다.

"그동안 계속 이 방에 놀러 왔는데, 컵은 항상 너희 집에 있는 것을 빌려 썼잖아?"

토이로가 그렇게 말했다.

그러고 보니 그랬다. 토이로가 거의 날마다 사용하기 때 문에 실질적으로는 토이로 전용 컵이 되어버린 머그컵이 우리 집에 있었다. 하지만 그것도 별로 이상한 일은 아니

었다. 우리는 소꿉친구니까. 지금까지 늘 함께 있었으니까.

그런데 앞으로는 둘이 이 머그컵을……. 소꿉친구들의 공간에 커플 같은 요소가 섞이는 이 감각이 매우 신선하고 기분 좋았다.

"당장 써볼까? 아, 간식으로 먹을 만한 게 있나 찾아보고 올게."

내가 그렇게 말하자 토이로가 갑자기 빙그레 웃었다.

"응, 그리고 말이지. 실은 내가 케이크를 만들어 왔어. 크리스마스 케이크야!"

"케이크?"

토이로는 고개를 끄덕였다. 그리고 이번에도 또 토트백 안에서 길이가 20cm쯤 되는 꾸러미를 양손으로 꺼냈다.

좀 전에 받은 선물과 이 케이크. 데이트하는 동안에 토이로가 커다란 토트백을 계속 가지고 다녔던 이유를 이제야 알았다. 무거웠을 텐데…….

토이로가 직접 그 포장지를 벗겨줬다.

안에서 나온 것은 롤케이크였다. 윗부분에는 하얀 슈가 파우더가 눈처럼 솔솔 뿌려져 있었다. 단면 부분은 부드럽게 부풀어 오른 노란색 빵이 드러나 있었는데, 거기에 건포도, 오렌지 필, 레몬 필 같은 말린 과일들이 들어가 있는 게 보였다.

"우, 우와, 이거 굉장한데? 맛있어 보여. 토이로, 정말로 네가 만든 거야?"

"응! 레시피를 보면서."

"그랬구나. ……아니, 진짜 굉장하다."

"에헤헤. 완전히 레시피 그대로 만들었으니까, 맛은 괜찮을 거야! ……아마도. 슈가 파우더의 분량이 '적당히'라고 적혀 있는 것을 발견했을 때는 '아, 망했다……' 하고 포기할 뻔했지만."

"아— 응. 그런 것은 1테이블스푼이나 몇 밀리그램이라고 구체적으로 적혀 있는 게 좋잖아?"

"맞아, 맞아. 아무튼 이것은 이렇게 새하얗게 될 정도로 뿌리는 것이 적당하다고 봐. 아마 달콤해서 맛있을 거야."

실제로 겉보기에는 아주 맛있어 보였다. 케이크 전문점에서 팔아도 문제는 없을 것이다.

"……대체 언제 만들었어?"

"어제. 점심때부터 저녁때까지 준비했어."

요리에는 자신 없는 토이로가 이렇게 몰래 케이크를 만들다니. 나는 진심으로 놀라서, 의기양양한 표정을 짓고 있는 토이로를 뚫어져라 바라봤다.

"놀랐어?"

"응. 네가 베이킹도 할 수 있는 줄은 몰랐어."

얼마 전에 저녁밥을 만들어줬을 때도 놀랐는데, 이번에 또 놀랐다.

그런 내 말을 들은 토이로는 후훗 하고 웃었다.

"마사이치, 네가 기뻐하길 바랐거든."

수줍게 미소를 짓는 토이로.

"……고마워."

나를 위해 토이로도 노력하고 있었다. 그렇게 생각하니 가슴속이 뜨거워졌다.

불쑥 나에게 전화를 걸어주기도 하고, 방에 찾아와 게임을 같이 하자고 제안하기도 하고. 그 후야제 이후로 토이로는 전보다 더 여자 친구답게 나를 대해줬다.

그것은 전부 다 남자 친구인 나를 기쁘게 해주기 위한 것이었을지도 모른다.

그렇게 생각하니까 더 이상 참을 수 없게 되어버렸다.

"나도! 너에게 보여주고 싶은 것이 있어!"

나는 기세 좋게 그렇게 말했다.

벌떡 일어나 책상으로 다가갔다. 그리고 맨 위의 서랍에서 얇은 책 한 권을 꺼냈다. 그것을 뒷면으로 뒤집어 토이로에게 내밀었다.

"처음에는 간단하게 편지를 써볼까? 했는데. 너를 즐겁게 해주고 싶어서……."

토이로가 책을 똑바로 돌렸다. 그 표지에는 남녀가 단둘이 방의 침대에 앉아 컨트롤러를 붙잡고 있는 일러스트가 그려져 있었다.

"이건……."

"응. ……내가 쓴, 소설이야."

"어, 소설? 마사이치, 네가 썼다고……? 이걸, 나한테 주는 거야?"

"당연하지."

"그럼, 이 표지에 있는 두 사람은……."

"토이로, 너와 나야. 민망하지만."

토이로는 반짝반짝 빛나는 눈으로 일러스트를 들여다봤다. 캐릭터같이 그려지긴 했지만, 헤어스타일이나 이목구비 등 특징은 살렸기 때문에 나와 토이로란 것을 확실히 알 수 있는 그림이었다.

"소설. 굉장하다……. 잠깐만, 소설은 처음 써본 거지?"

"응."

"그걸 이렇게 번듯한 책으로 만들다니. 와—, 마사이치, 소설을 쓸 줄 알아? 일러스트는?"

"그림은 작가에게 의뢰를 할 수 있는 앱이 있어서. 그쪽에 부탁했어."

"굉장해. 정말 굉장하다."

내가 시간을 들여 준비한 것. 토이로를 기다리게 해놓고 노력해서 진행한 프로젝트였다.

솔직히 말하자면 힘들었다. 평소에 늘 일본어를 사용하는데도, 내 머릿속에 떠오른 것을 좀처럼 말로 표현하기 어려웠다. 시간이 걸렸다. 단어를 고르고 또 골라서, 하룻밤에 한 페이지밖에 못 쓰는 날도 있었다. 하지만 절대로 중간에 포기하지 않겠다고 맹세했다.

이것이야말로 내가 찾아낸, 내가 하고 싶은 일. 내가 노력해야 할 목표와 관련된 것이니까──.

그리하여 마침내 모든 것을 담아낸 책 한 권이 완성됐다.

"이게 크리스마스 선물이야?"

"응, 뭐, 일단은……."

"지금 당장 읽어봐도 돼?"

"응."

"고마워!"

토이로는 바닥에 앉아 소설의 페이지를 팔락 넘겼다.

그동안 나는 차와 케이크를 준비하려고 일어났다.

좌우 양면으로 20페이지쯤 되는 짧은 이야기였다. 15분 정도면 다 읽을 수 있으리라.

나는 침대 머리맡 쪽을 힐끗 본 다음에 방에서 나갔다.

그 소설은 일인칭인 '나'의 시점에서 '너'와 사귀게 된 계기, 추억, 그때의 심정을 이야기하는 스토리였다.

아마도 여기서 '나'는 마사이치고 '너'는 나인 것 같았다.

『그날, 우리가 자주 같이 갔던 강가에서.

"······있잖아, 우리는 소꿉친구이니까······ 우리 차라리 사귈까?"

그 말을 들은 순간 나의 시간은 멈췄다.

진심······인가? 너는 언제부터 나를······. 그렇게 순간적으로 착각할 뻔했는데, 알고 보니 너는 연애인지 사랑인지 뭔지 하는 복잡한 문제에 휘말려 난처해하고 있는 것 같았다.

사람의 뇌는 남자의 뇌와 여자의 뇌로 구별된다는 이야기를 들은 적이 있다. 우선 남자의 뇌는 문제 해결을 원하고, 여자의 뇌는 공감을 원한다는 것이다. 그 이야기가 머릿속 한구석에 떠오르는 것을 느끼면서 나는 너의 고민을 어떻게 해결하면 좋을까? 하고 생각했다.

처음부터 나는 결심했던 것이다. 네가 어떤 일로 난처해하고 있다면 무조건 도와줘야겠다고——.』

마사이치, 이 녀석. 그때 이런 생각을 하고 있었구나.

나는 기뻐하면서 글을 계속 읽었다.

『알고 보니 너는 멋쟁이였던 모양이다. 사복 차림을 보기 전까지는 눈치채지 못했다.

그런데 사실 따지고 보면 그때까지 눈치채지 못했던 내가 문제였던 걸지도 모른다. 살랑살랑 매끄럽게 관리된 예쁜 염색 머리카락. 학교 갈 때마다 자연스럽게 하는 옅은 화장. 네일 아트를 하지는 않아도 반들반들하게 잘 손질된 둥근 손톱.

그렇게 철저한 자기 관리 의식이 엿보이는 순간이 일상 속에 얼마든지 있었던 것이다.

나는 그때 패션이나 미용에 대해서는 깜짝 놀랄 만큼 무지했다. 안 좋은 방향으로 일반인의 영역에서 크게 벗어날 정도로.

고로 나를 개조한다는 계획은 너의 주도하에 이루어지게 되었다.

그동안 계속 무과금 초기 아바타 상태로 플레이해왔던 내가, 서슴없이 과금해서 나와는 비교도 안 될 정도로 레벨이 높아진 너에게 직접 가르침을 받게 된다니. 나로선 너무 황송한 일이었지만.』

으하하하. 그런 것에 신경 쓰고 있었어? 재미있네. 나는 글을 읽으면서 홀로 가볍게 웃음을 터뜨렸다.

그리고 다소 긴 다음 장면으로 시선을 옮겼다.

『나는 나답지 않게 멋진 남자가 되려고 분투했다. 너에게 어울리는 남자 친구가 되기 위해서.

복장, 헤어스타일, 피부 관리. 서점에서 잡지 같은 참고 자료를 구입해서 스스로 공부하기도 했다.

지금 여기서 이런 식으로 노력하면, 앞으로 쭉 거리낌 없이 네 옆에서 나란히 걸을 수 있을 것이다. 여유롭게 너와 함께하는 시간을 즐길 수 있을 것이다.

우선 작전대로 교외학습 날까지 노력하자.

그런 마음가짐으로 임했는데, 도중에 네가 좀 외로워하는 것 같다는 사실을 눈치챘다.

너의 그 표정을 본 순간. 나는 문득 옛날 일을 떠올렸다.

초등학교 저학년 때의 여름방학. 너는 거의 날마다 내 방에 놀러 왔었다. 너는 숙제 따위 나중으로 미뤄놨다가 몰아서 하는 타입인데, 나는 날마다 정해진 양을 꾸준히 하는 타입이었다. 그래서 오전에는 네가 내 방에 찾아와도 나는 아직 공부하는 경우가 많았다.

"미안. 조금만 더 하면 오늘 치는 끝나니까. 기다려줘."

"……치—."

그때 너는 지금과 비슷한 표정을 지었다. 심심하고 외로워 보이는 표정. 실제로는 하고 싶은 일이 있는데도 꾹 참고 기다릴 때의 표정.

아—, 맞아. 그러고 보니 요새는 방과 후 머리를 자르거나, 옷을 사러 가거나, 미용에 관한 조언을 받기만 했었다.

게임이나 만화 등 오타쿠 활동은 뒷전으로 미뤄둔 채.

　교외학습은 이제 코앞까지 다가와 있었다. 그날 미션을 달성하면, 곧바로 둘이 게임을 하면서 놀아야겠다──.

　교외학습 당일. 무사히 너와의 연인 작업을 주위 사람들에게 보여준 후, 나는 게임을 꺼내 보였다. 그런데 그때 나한테는 대사건이 일어났다. 네가 뛸 듯이 기뻐하면서 내 뺨에 키스를 한 것이다.』

　──잠깐만. 이걸 글로 썼어? 나 엄청나게 부끄러운데?!

『그 열렬한 키스는 내 뺨에 뜨거운 열기를 전해줬고, 정신을 차려 보니 그것은 전율이 되어 나의 온몸에 퍼져나가고 있었다. 이것은…… Love? Like? 미숙한 나로선 전혀 짐작도 할 수 없었다.』

　아니, 이봐요. 이 표현은 뭔데? 키스신으로 사람 웃기려고 하지 마.

　틀림없이 마사이치는 이 대목에서 내가 부끄러워하리란 것을 예상하고 일부러 이런 글을 썼을 것이다.

　……하지만 왠지 그립구나.

　그때는 마사이치가 내 마음을 알아준 것이 기뻐서 충동

적으로 키스를 했는데.

아마 지금이라면 괜히 이것저것 의식하느라 그런 행동
은 못 할 것이다.

『여름이 되자 해변 식당에서 아르바이트를 하게 되었다.
나는 비디오 게임기를 가방 속에 넣어서 전통 여관의 객실
까지 가져갔다.

실은 중학교 수학여행 때 게임기를 가져가서 밤중에 호
텔 TV에다 연결해 놓고 게임을 플레이하는 반이 있어서
부러웠던 것이다.

그것을 흉내 내어 너와 함께 게임 플레이를 하고 싶었는
데…… 아르바이트를 하느라 지쳐서 게임을 할 여유도 거
의 없었다.

그것은 평생 잊지 못할 나의 지난여름의 유일한 아쉬움
이었다.』

아하하. 추억이 아니라 아쉬움이었구나?

어휴, 미안해. 그때는 정말로 피곤했었어.

『나도 스스로 나서서 뭔가 연인 작업을 해보자. 계속 너
한테만 맡겨놓을 수는 없으니까.

그렇게 생각했을 때 문득 아이디어가 떠올랐다. 이제 곧

다가오는 너의 생일에 깜짝 이벤트를 해주는 것이었다.

그래서 나는 여름방학 전부터 계획을 세우기 시작했다. 아르바이트로 돈을 모아 선물을 사고, 방을 장식할 준비도 했다. 임시 관계이기는 해도 일단 사귀기 시작한 이후로 처음 맞이하는 생일이니까. 커플답게 너를 기쁘게 해주고 싶었다.

그 무렵에 너는 평범한 커플이란 것은 무엇일까? 하고 고민하고 있었다. 평범한 커플답지 않다, 풋풋한 맛이 느껴지지 않는다는 말을 들었던 우리들. 그런 우리의 관계에 대해 나는 '찰떡궁합'이란 표현이 잘 어울리지 않을까? 하고 생각했다.

"어, 말하자면……. 우리에게는 우리 고유의 형태가 있다는 뜻이야. 사귄 지 얼마 안 됐어도 이 정도로 찰떡궁합입니다~라는 거지. 그러니까 당당하게…… 남의 말에는 별로 신경 쓰지 않아도 될 거라고 생각하는데——."

그런 식으로 너에게 말하면서 나는 속으로 좀 신기함을 느끼고 있었다.

애초에 위장 커플이니까 남에게 무슨 말을 들어도 적당히 한 귀로 듣고 한 귀로 흘리면 되는데. 우리의 관계를 표현할 말을 굳이 찾을 필요는 없지 않은가.

하지만 왠지 모르게 그때 나는 생각을 멈출 수 없었다.

이유가 뭘까……?

아무리 임시 관계여도, 너와 내가 커플 관계라는 것을 내가 스스로 부정하고 싶지는 않았다──.』

읽다가 깜짝 놀랐다.

어? 마사이치······.

이때 나는 분명히 마사이치와 커플다운 감정을 맛보려고 기를 쓰고 있었을 것이다. 그리고 이 깜짝 이벤트를 계기로 자각하게 되었다. 내가 실은 마사이치와 진짜 커플이 되고 싶어 하는 게 아닐까? 하고.

그런데 마사이치도 혹시 이때부터 마음이 좀 흔들렸던 건가······?

그 후 카에데한테서 러브레터가 아니라 협박장을 받고 불려 나가기도 하고, 마유와 사루가야 콤비와 함께 더블데이트를 하기도 하고. 그런 추억의 사건들이 마사이치 시점에서 묘사되어 갔다.

『너와 내가 잘 어울리는 커플이란 것을 보여준다. 그런 목적은 기억하고 있었지만, 그 녀석과 에어 하키로 싸우게 됐을 때 나는 남몰래 투지를 불태웠다.

이때는 단순한 승부욕만이 아니라 또 다른 감정이 있었을지도 모른다.

다른 사람은 그렇다 쳐도, 이 남자한테는 절대로 지고 싶지 않다…….

이유는 몰라도 자꾸 너에게 접근하려고 하는 남자. 그 이유를 알고 싶어서 탐색하는 중이었다. 그의 마음이 진짜인지 확인하려고 했다. 하지만 이렇게 맞부딪치게 된 이상, 일단 정면으로 싸워서 이놈을 쓰러뜨릴 필요가 있을 것이다.

후후후. 좋아, 해치워주마.

그렇게 생각하니 점점 기분이 고양됐다. 나는 에어 하키 게임에 집중했다.

그 후 하나의 심각한 실언을 하게 되리란 것은 꿈에도 모르는 채로——.』

아, 그래. 분명히 그 후에…….

나는 그때 마사이치가 했던 말을 떠올렸다.

뜬금없이 마사이치가 '카스카베는 나쁜 녀석 같지 않다'고 하면서, 카스카베를 추천하는 듯한 말을 나에게 했던 것이다.

하지만 이때 잘못을 했던 것은——그 일 때문에 우리 둘의 관계를 어색하게 만들어버렸던 것은, 순전히 나였는데.

이때 나는 별것도 아닌 마사이치의 한마디에도 일희일비해버릴 정도로 마음이 자꾸 흔들리는 불안정한 상태였던 것이다.

그 후 무대는 바뀌었다. 우리 둘이 놀러 간 화톳불 축제로.

『"자, 지금부터 시작하는 것은──진심을 전해서 관계를 회복시키려고 하는, 어긋난 커플 작업이야."

나는 기세 좋게 밀어붙이면서 그 말을 끝까지 했다. 그 때 너는 어리둥절한 표정을 짓고 있었다.

최근 들어 너는 '진짜 연인 작업'이란 말을 사용하기도 하면서 우리의 임시 관계를 '이렇게 하고 싶어!'란 식으로 적극적으로 발전시키고 있었다.

그에 비해 나는 여전히 임시라는 단어에 사로잡혀 있었다. 임시 남자 친구라면 '이렇게 하지 않으면 안 된다'라고 생각하면서 행동하고 있었다.

솔직히 말하자면. 어떻게 하면 좋을지 알 수 없었다.

그럼 나는 어떻게 하고 싶은가──.

어째서 임시일 뿐인데도, 너와 내가 커플 관계임을 부정하기가 싫었던 걸까.

전날 네가 밤이 되었는데도 내 방에 오지 않았을 때. 나는 너무나 외롭고 쓸쓸해서 어쩔 줄 모르고 그저 부르르 떨었다.

이 감정을 사랑이라고 부르는 걸까. 그건 아직 모르겠다.

다만 뭐가 어찌 됐든 간에, 네 곁에 있는 사람은 나였으면 좋겠다.

"나는 임시 남자 친구이지만…… 가짜이지만……. 그래도, 너에게 진짜 남자 친구가 생기는 것은, 싫어……."

그런 말을 입 밖에 내자마자 온몸이 확 뜨거워졌다. 긴장해서 말끝이 저절로 높아졌다.

그러나 이기적인 소망일지도 모르지만, 이 마음을 전하지 않으면 후회할 것이다.

오로지 그런 생각만 했다.』

마사이치. 이때 그런 생각을 했었구나…….

내가 혼자 앞질러 가면서 걱정하고, 불안해하고 있었는데. 알고 보니 그 옆에서 마사이치는 자기 나름의 속도로 전진하고 있었다.

내가 재촉을 해버린 걸지도 모르지만, 그래도 그는 제대로 쫓아온 것이다.

아아―……. 왠지 좀 울 것 같았다.

『메이호쿠 커플 그랑프리라는 이벤트가 학교 축제에서 개최된다고 한다.

그 자세한 내용을 알게 되었을 때 나는 즉시 참가하기로 결심했다.

그것은 전교생을 상대로 우리가 커플임을 선언할 기회임과 동시에, 그 녀석한테 너와 내가 잘 어울리는 커플임을 보여줄 기회이기도 했다.

　방과 후 집으로 돌아가는 길에 너는 신나게 참가 의향을 밝혀줬다. 어쩐지 너와 함께라면 정말로 우승까지 해버릴 것 같은 기분이 들어서 신기했다.

　그와 동시에 조금은 그런 생각도 했다.

　만약에 우리가 우승해서 주변 사람들한테 교내 최고의 커플로 인정받게 된다면, 그때는 가짜였던 우리 둘 사이에서도 뭔가가 달라질까?』

　맞아, 맞아. 그랬었지.

　나보다 더 적극적이었던 것은 마사이치였다. 처음에는 틀림없이 싫어할 거라고 생각했기 때문에 마사이치의 그런 태도가 의외였다.

　하지만 참가 이유를 들어보니 그것은 거의 나를 위한 것이었다. 이제 와서 생각해봐도 그저 고마울 뿐이었다.

　『간판의 재료가 될 골판지 상자를 모으려고 밖으로 나갔을 때. 나는 우연히 그 녀석과 마주쳤다. 처음에는 평범하게 대화를 나눴지만, 어떤 사건을 계기로 좀 말다툼을 하고 말았다.

"너한테서는 정말로 '좋아한다'는 감정이 안 느껴져──너는 그 애를 생각하는 모습이 전혀 안 보인다고."

"그 정말로 '좋아한다'는 것이 뭔지, 너는 알아?"

발끈해서 그렇게 대꾸했지만, 그 녀석이 떠난 후 나는 그 자리에서 홀로 하늘을 우러러보며 우두커니 서 있었다.

나는 네 곁에 있고 싶다고 생각하지만, 진짜 남자 친구는 아니다. 그 감정이 '좋아하는 감정'인지 아닌지는 지금으로선 모르겠다는 것은 자신도 알고 있었고──그렇다면 당연히 '좋아하는 감정'이 느껴지지 않는다는 말을 들어도 납득하고 받아들여야 할 것이다.

하지만. 그렇다면 내 가슴속에 있는 이 감정은 무엇일까?

정체를 모르겠다면, 어째서 나는 내 안에 있는 그 수수께끼의 감정을 똑바로 살펴보지 않는 걸까? 왜 그냥 모르는 척 방치해 두고 있는 걸까──?』

마사이치와 카스카베……?

둘이 대화를 했다는 이야기는 들었지만, 아마도 무슨 사건이 있었던 모양이다. 몰랐는데.

그리고 그걸 계기로 이야기는 급전개되기 시작했다.

『네 친구와 이야기하고 나서 생각해보게 되었다. 커플이 된다는 것은 무엇일까.

요컨대 지금 이 상황이 너무나 즐겁고 평화롭고 행복한 것이다.

소꿉친구는 계속 소꿉친구.

반대로 커플이 되면 해피엔딩 또는 배드엔딩이라는 둘 중 하나의 결과에 최종적으로는 다다르게 된다. 끝이 있는 것이다. 게다가 고등학생 시절에 사귀기 시작한 커플은 배드엔딩이 될 가능성이 높다고 한다.

처음에는 그저 현재의 이 즐거운 하루하루가 어떻게 변해버릴까? 하고 걱정만 했었다. 현상 유지가 역시 마음이 편했다. 첫 경험에 대한 불안을 외면하면서 나는 안락한 생활을 선택했다.

배드엔딩의 가능성이 있다면 그냥 이대로 있는 편이 나을 것이다.

하지만 막상 '사귄다'란 것에 대해 진지하게 생각해보니 아무래도 동경하는 마음도 있었다. 그래서 현상 유지만 하는 것은 좀 이상하다고 느끼게 되었고…….

나는 가능하다면 너와 함께 해피엔딩을 목표로 하고 싶다.

만약에 우리가 커플이 된다면, 대체 어떻게 될까…….』

아―. 이렇게 많이 고민을 해줬구나.

아니, 나도 알고는 있었지만. 그래도 새삼스럽게 마사이치도 우리 두 사람에 관해 아주 많이 생각해줬음을 알게 되었다.

분명히 이다음에 후야제에서 단둘이 있게 되었을 때 마사이치가 나에게 물어봤을 것이다. "만약에 우리가 진짜 연인이 된다면, 어떻게 될까?"라고.

나는 그 점은 걱정하지 않았으므로 즉시 우리의 관계에 대한 내 생각을 전해줬다.

『"우리들 같은 경우에는 말이지. 소꿉친구가 커플이 되는 것이 아니라, 소꿉친구 커플이 되는 거야. ——그러니까 걱정할 필요 없어. 알았지?"

너의 그 말을 듣고 눈이 번쩍 뜨이는 기분이었다.

네 입을 통해 그런 말을 듣자, 내 머릿속에 끼어 있던 안개가 확 걷히는 느낌이었다.

우리는 교실로 이동했다. 그리고 나는 너를 끌어안았다.

내 마음은 이미 굳어졌다. 앞길이 환하게 펼쳐진 느낌을 받았다.

그리고 나도 모르게 내 마음이 입에서 흘러나왔다.

"——좋아해."

네가 헉 하고 눈을 휘둥그렇게 뜨는 것이 느껴졌다. 이쪽을 돌아보는 너의 촉촉하게 반짝거리는 눈동자를, 나는 가만히 들여다보고 있었다.』

마사이치의 그때 그 목소리가 귓가에 되살아나서 나도 모르게 전율했다.

와, 어쩌지? 정말로 가슴이 찡하잖아…….

소설은 이제 마지막 한 페이지만 남아 있었다. 나는 잠시 손을 멈추었다. 그런데 그때 달칵 하고 방문이 열리더니 마사이치가 얼굴을 내밀었다.

*

토이로가 소설을 다 읽기 직전에 방에 돌아가고 싶다.

나는 그런 생각을 하면서 1층에 있는 부엌에서 케이크와 차를 준비하고 있었다.

너무 빨리 방에 들어가서 토이로의 독서를 방해하고 싶지는 않았다. 하지만 마지막 장면의 어떤 장치를 토이로가 눈치채는 그 순간만은, 나로선 절대로 놓치고 싶지 않았다.

결국 나는 좀이 쑤셔서 어쩔 줄 모르다가, 준비가 끝나자마자 얼른 쟁반을 들고 계단으로 향하게 되었다.

그리고 내 방의 문을 열었더니——토이로가 눈물을 글썽이고 있었다.

"저, 저기, 왜 그래?"

"마, 마사이치~. 이거 너무 감동적이야."

크응 하고 코를 훌쩍이는 토이로.

우와…… 이 정도로 감동하다니, 더 바랄 것이 없구나.

나는 케이크를 담은 접시와 차를 담은 머그컵을 쟁반에 받쳐 가져왔다가, 그대로 좌식 테이블 위에 내려놨다. 그리고 토이로가 손에 들고 있는 책으로 힐끗 시선을 돌렸다.

토이로는 마침 후야제 장면이 끝난 데까지 읽은 것 같았다.

결말까지 거의 다 왔구나.

"옆에 앉아도 돼?"

"응."

토이로가 고개를 끄덕여서 나는 그 옆에 앉았다. 그러자 토이로가 엉덩이를 슬금슬금 움직여 내 어깨에 몸을 딱 붙였다.

"저기, 있잖아. 이 책 알아? 이런 표지인데. 진짜로 재미있거든? 이제 곧 클라이맥스인데—."

"오, 재미있어—? 이 저자의 이름이라면 잘 알지—. 필명이 아니네—. ……응. 나구나."

"아하하하."

그렇게 웃으면서 토이로는 책의 페이지를 다시 펼쳤다. 나도 옆에서 그 책을 들여다봤다.

『후야제에서 나는 소꿉친구라도 연인이 될 수 있다는 사실을 깨닫고 정말로 안심했다.

　그리고 너를 진심으로 좋아한다는 것을 알게 되었다.

　그날 네가 말했던 "우리 차라리 사귈까?"라는 한마디. 그로 인해 우리 사이에서 뭔가가 달라지기 시작했다. 너와 같이 했던 수많은 연인 작업. 어느새 내가 너를 여자로 보는 상황이 늘어나게 되었다. 너의 다양한 일면을 보고 가슴이 두근거리게 되었다.

　임시 연인으로 지낸 덕분에 비로소 깨닫게 된 감정이 있었다.』

　눈으로는 글씨를 좇으면서 토이로가 나에게 한층 더 몸을 밀착시켰다.

　『그리고 연인으로 지내는 동안에, 우리 둘이 즐겁게 노는 시간의 소중함도 새삼스레 느끼게 되었다. 데이트하면서 들른 게임 센터. 교외학습에서 한정된 시간 동안 재미있게 플레이했던 게임. 방과 후에는 거의 날마다 커플로서 둘이 함께 집으로 돌아갔고, 집에 돌아온 후에는 소꿉친구로서 실컷 놀았다.

　같이 라이트노벨을 사러 가기도 하고, 쉬는 날 간식이나 음료수를 사서 본격적으로 방에 틀어박히기도 하고, 학교에서도 속닥속닥 게임 이야기를 하기도 하고.

나의 오타쿠 같은 취미에 네가 관심을 가지고 열중해줘서 나는 정말로 기뻤다. 과거에는 그 덕분에 내가 인정받고 구원받은 느낌이 들었다. 그날부터 하루하루가 즐거워서 참을 수 없을 정도였다.

크리스마스를 앞두고 내가 바쁘게 지내는 동안에도 너는 내 방에 찾아와줬고…. 역시 둘이 오타쿠 활동을 하는 시간이 가장 행복하다는 것을 확신했다.

만약에 우리가 계속 소꿉친구로 지냈더라면, 이 시간을 당연하다는 듯이 보내면서 어쩌면 타성에 젖어 살아갔을지도 모른다.

──내가 하고 싶은 일, 열심히 해봐야겠다는 생각이 드는 일. 그것이 뭔지 알아냈다.』

그렇다. 그때부터 나는 크리스마스 준비를 시작했다.

이 소설을 쓰기 시작했다.

『이제 곧 연인과 함께 지내는 첫 번째 크리스마스가 찾아온다.』

소설의 내용이 오늘에 도달했다.

『나는 너를 최대한 즐겁게 해주기로 맹세하고 이 집을 나선다. 옆 동네의 항구에 있는 데이트 장소로 가기 위해서.

아마 사람들이 많이 있을 것이다. 어쩌면 너는 피곤해질지도 모른다. 저녁을 먹고 적당히 쉴 수 있도록 내가 제대로 에스코트해야 한다.

거리는 일루미네이션으로 반짝반짝 빛날 것이다. 그 빛을 황홀하게 구경하는 네 옆얼굴을 보고, 나는 넋을 잃을 것이다.

틀림없이 우리는 우리들 나름의 데이트를 즐길 것이다.

소꿉친구의 편안함에 연인의 두근거림을 더해서.

그런데 오늘은 크리스마스.

1년에 단 한 번밖에 없는 특별한 날.

평생에 한 번뿐인 연인과 함께하는 첫 번째 크리스마스.

나는 맹세했어. 최선을 다해 너를 즐겁게 해주겠다고.

앞으로도 쭉 너를 기쁘게 해줄 거라고.

오늘, 이 정도로는 끝나지 않아.』

몇 줄 띄웠다가 마지막 한 문장으로 이야기는 마무리되었다.

『그래서 나는, 어느새 훌쩍 커버린 너를 위한 산타클로스가 되어서 특별한 선물을 침대 머리맡에 숨겨놨어━━.』

"어, 어━━?"

토이로가 얼굴을 번쩍 들고 나를 쳐다봤다. 나는 아무렇지도 않은 것처럼 고개를 한 번 끄덕였다.

이어서 토이로는 내 침대를 돌아봤다. 평소에 자주 누워 만화책을 읽거나 낮잠을 자는 침대를.

그리고 천천히 몸을 일으켰다. 침대 머리맡으로 다가가, 베개를 옮기자━━.

"앗."

선물용 포장지와 하얀 리본으로 포장된 상자가 나타났다. 손안에 쏙 들어오는 작은 상자였다.

내가 미리 준비해서 거기 숨겨둔 물건이었다.

"이거, 확인해봐도 돼……?"

"응."

마유코가 크리스마스 선물로는 액세서리를 추천한다고 말했다. 그리고 커플다운 것이 좋다는 말도 덧붙였다.

연인이니까 선물할 수 있는 액세서리. 그런 것을 생각해서 준비했다.

"이건…….""

상자 속에서는 선물이 들어 있는 붉은색 케이스가 나왔다.

앞에서 딸깍 하고 위로 여는 케이스였다.

"봐도 돼."

내가 그렇게 말하자, 토이로는 고개를 끄덕이더니 뚜껑을 열었다.

"와······. 어떡해, 이거······. 반지?"

안에 들어 있는 것은 은반지였다. 반지 한가운데에 자리 잡고 있는 다이아몬드 한 알이 천장의 불빛을 받아 반짝 빛났다.

"예쁘다······."

토이로는 가만히 그 빛을 바라보고 있었다. 얼굴 각도를 바꾸면서 그 보석을 들여다봤다.

"어, 어때? 커플이니까 줄 수 있는 선물이 뭘까? 하고 고민하다가, 이게 아닐까—? 하고 생각했는데."

"기뻐! 정말 너무너무 기뻐! 아니, 그런데 너무 무리한 거 아냐? 괜찮아? 고등학생이 이렇게까지 본격적인 반지를 사다니, 그런 이야기는 거의 들어본 적도 없는데?"

"그, 그래?"

"응."

고개를 끄덕이면서 토이로는 여전히 뚫어져라 반지를 바라보고 있었다.

"이거 다이아몬드잖아? 진짜 보석이잖아. 와, 너무 어른 스러워!"

"그래. 마음에 들어?"

"응! 진짜 예쁘고 아름다워! 센스가 참 좋다!"

"다행이다."

나는 휴 하고 안도의 한숨을 쉬었다. 아니, 아직 더 중요한 일이 남아 있는데. 그래도 일단 안심하게 되었다.

이 반지를 고르는 데에는 한 여자의 도움이 있었다.

반지를 사려고 백화점에 갔을 때 우연히 나카소네와 마주쳤다. 둘이 대화를 좀 나눈 뒤, 내가 반지를 사러 왔다는 사실을 알게 된 나카소네가 조언을 해준 것이다.

『예산이 적다면 굳이 유명한 브랜드에 집착하진 않는 게 좋을 거야. 왜냐하면 정말로 마음에 드는 것은 살 수 없어서, 그 매장에 있는 상품 중에서도 가격이 저렴한 대신에 별로 안 예쁜 것밖에 못 사게 될 테니까. 그보다는 꼭 천연 다이아몬드가 들어간 반지를 사는 데 집중하는 게 좋아. 브랜드 이름보다는 물건의 질에 신경 써서 고른다면, 나중에도 당당하게 끼고 다닐 수 있을 거야.』

『흠, 그렇구나. 그런데 진짜 다이아몬드를 이 정도 예산으로 살 수 있을까?』

『그건 크기에 따라 다르지. 우리 어머니가 주얼리 샵에서 일하셔서 나도 이야기는 자주 들었는데. 그런 경우에는 크기가 작은 보석을 고르되, 링의 굵기는 가늘게 해서 보석의 존재감을 키우면 된대. 그리고 크리스마스가 얼마 안 남았잖아? 링에 각인할 거면 납품일에는 주의해야 해. 최악에는 기간 내에 작업을 못 할 수도 있는데, 이때는 우선 선물을 준 다음에, 같이 각인을 하러 가게로 다시 가져가는 것도 가능할 거야.』

『너 정말 자세히 아는구나? 음, 그래……..』

휘황찬란한 층 전체에 압도돼서 '내가 못 올 곳에 왔구나' 하고 위축되어 있었던 나에게는 아주 큰 도움이 되었다. 나카소네는 추천하는 가게를 몇 군데 가르쳐줬고, 나는 그곳에서 무사히 물건을 구매할 수 있었다.

"정말로 네 마음에 든다니 다행이야. 사실 반지는 좀 과하지 않나? 하는 생각도 들었거든."

"그랬어? 그런데, 왜……."

"그건 말이지……. 여기서 일단 확실히 내 마음을 보여주고 싶었거든. 우리는 지금까지 꾸준히 오랜 인연을 맺어 왔으니까, 여기서는 한번 화려하게 터트리는 게 좋을 것 같았어."

"우와……. 어떡해. 나 심장이 쿵 뛰었어."

"솔직하구나."

나는 반사적으로 웃음을 터뜨렸다.

하지만 토이로가 이런 반응을 보여줘서 기뻤다. 실은 말을 꺼낸 나 자신도, 토이로가 그 선물 상자를 열었을 때 심장이 쿵! 뛰면서 온몸에 소름이 쫙 돈는 기분을 느꼈던 것이다.

"아—, 이거 너무 심한, 깜짝 이벤트야—."

토이로가 말꼬리를 길게 늘이면서 말했다. 그리고 이어서.

"어휴, 진짜—. 너 때문에 울 것 같잖아."

웃으면서 그런 말을 했다. 눈에는 정말로 반짝거리는 물기가 고여 있었다.

"그건 무슨 눈물이야?"

"기쁨의 눈물……? 그리고 왠지 좀, 반지를 보니까 너무 찬란하게 반짝거려서 눈이 부셔."

에헤헤 하고 웃더니 토이로는 동그랗게 구부린 검지로 눈가를 훔쳤다.

"이 소설도 굉장했어! 이런 것을 용케 썼구나?"

"그래, 어때? 재미있었어?"

"응! 푹 빠져서 정신없이 읽었어!"

"그랬구나. ……저기, 난 네가 그렇게 기뻐하는 얼굴을 보고 싶었어."

나의 원동력은 오로지 거기에 있었다.

토이로가 재미있어하거나 기뻐하는 얼굴을 보고 싶다.

오타쿠 활동을 그만둘까? 하고 고민하던 시절——토이로가 내 방에 찾아와서 내 취미에 같이 빠져들어 줬던 그때부터. 나는 토이로가 즐거워하는 모습을 상상하면서 게임을 사고, 새 만화를 찾아보고, 다 읽고 나서 빌려줄 예정인 소설책의 페이지를 두근거리는 마음으로 넘겼다.

앞으로도——연인이 되어서도 계속 그렇게 하고 싶다.

변함없이 토이로에게 즐거움을 제공할 수 있는 존재가 되고 싶다.

"토이로. 난 너를 매일 즐겁게 해주면서 살아가고 싶어. 그것을 목표로, 나는 장래에 오락물을 만드는 일을 하고 싶어. 그것이 내 취미이기도 하고. 게임 제작자나 작가가 되고 싶어. 그림은 못 그리니까 만화가가 되긴 어려울 테지만……. 아무튼 목표가 생기니까 눈앞이 확 밝아지는 느낌이 들었어. 그 목표를 이루려면 어떻게든 노력해야 하잖아? 뭐가 좋을까 하고 생각하다가, 우선 소설을 써보기로 한 거야."

이것이 첫 번째 작품.

이렇게 미래를 향해 한 걸음을 내디디게 된 것도, 토이로와 연인이 되었기 때문이다.

나는 토이로가 들고 있는 케이스에서 반지를 살며시 집어 꺼냈다. 그리고 토이로와 마주 봤다. 가만히 그 얼굴을 바라보자, 토이로는 한순간 눈을 크게 뜨더니 얼른 자세를 바로 했다.

꿀꺽 침을 삼켰다.

내 마음은 전부 다 소설 속에 담아냈다.

그래서 짧게 전했다.

"토이로, 좋아해."

"응……."

"──그러니까 나와 사귀어줘."

그러자 입꼬리가 부드럽게 풀리면서.

하얀 뺨에 따뜻한 빛깔이 은은하게 떠올랐다.

"응, 좋아, 기꺼이!"

화사하게 활짝 웃으면서 토이로는 고개를 힘차게 끄덕
였다.

내 온몸이 확 뜨거워졌다.

내가 손을 잡자 토이로는 손가락을 펼쳐줬다. 나는 그
약지에 천천히 반지를 끼웠다.

"와아──."

반지 낀 손을 눈앞에 들어 올려보는 토이로. 그 눈동자
속에 다이아몬드의 빛이 흩뿌려졌다. 나는 넋을 잃고 그

빛을 바라봤다.

"아, 맞다. 일단은 그거 커플 아이템이야."

문득 기억이 났다. 나는 얼른 일어나서 책상 서랍 속에서 또 하나의 케이스를 꺼냈다. 그 안에는 보석이 박히지 않은 단순한 은반지가 들어 있었다.

"내가 끼워줄게!"

그러면서 가까이 다가온 토이로가 반지를 집어 들었다.

내 손가락을 살며시 만지더니, 방금 내가 해줬던 것처럼 반지를 끼워줬다. 그리고 후훗 하고 미소 지었다.

"고마워. 마사이치."

"아니, 나야말로. 기다려줘서 고마워."

"그야 당연히 기다리지. 얼마든지 기다릴 수 있어. 언제까지나 기다릴 거야."

나는 토이로의 등을 감싸듯이 팔을 두르고 부드럽게 끌어안았다. 토이로는 저항하지 않고 순순히 내 품에 쏙 들어왔다.

꽉 껴안은 후, 조금만 힘을 풀면서 토이로의 표정을 살펴봤다.

"토이로……."

"……응."

분위기상 짐작할 수 있었던 건지, 아니면 오랫동안 서로 같이 지내온 상대여서 직감적으로 느낄 수 있었던 건지.

　어느 쪽이든 간에 더 이상 말은 필요 없었다.

　나는 눈을 감고 토이로의 입술로 내 입술을 가까이 가져갔다.

　"나도 좋아해. 마사이치."

　마지막으로 그렇게 속삭이는 목소리가 귀에 닿았다.

　토이로와 처음으로 키스했다.

　간접 키스나 뺨에 뽀뽀하는 것이 아니라, 진정한 키스였다.

　이빨이 딱 하고 부딪쳤지만, 초보자니까 이 정도는 어쩔 수 없었다. 그다음부터는 부드러운 입술의 쿠션감이 나를 감쌌고 달콤한 향기가 났다.

　아직 케이크는 먹지도 않았는데. 나는 그런 생각을 하면서 입술을 뗐다. 그러자 그 뒤를 따라오는 것처럼 토이로가 추가로 쪽! 하고 내 입술에 짧은 키스를 했다.

　"에헤헤."

　수줍게 미소를 짓는 토이로.

　"어땠어? 열렬한 키스는. 네 입술에 열기를 전해줬어?"

　"앗, 그건 내 소설에 나온 내용이잖아. 그걸로 놀리면 어떡해?"

"아하하하."

토이로는 재미있다는 듯이 웃었다. 그리고 고개를 살짝 갸웃거리면서 나를 쳐다봤다.

"응, 그래서 미숙한 마사이치는 이제 알아냈어? ……이것이 Love인지 Like인지."

아……. 그게 헷갈려서 고민했던 것은, 우리의 임시 연인 관계가 시작된 지 얼마 안 되었을 때였다.

물론 지금은 나도 이미 확신하고 있었다.

"사랑해."

이유가 뭘까. 처음 느껴본 감촉이었을 텐데도 벌써 아쉽고 그리워졌다.

아마도 오랫동안 애타게 기다렸기 때문일까.

나는 그런 생각을 하면서 다시 한번 키스를 했다.

토이로도 나와 같은 기분이었으면 좋겠다…….

서로 얼굴을 가까이 맞댄 채 조심스럽게 눈을 뜨자, 토이로도 이쪽을 보고 있었는지 가까이서 눈이 마주쳤다.

저도 모르게 둘이 킥킥 웃었다.

"반지, 학교에도 끼고 갈까?"

"그러면 혼나지 않을까?"

"반지 위에 반창고를 붙이면 안 들킨다고 하던데."

"그렇게까지 할 필요는 없잖아?"

"후후후. 그건 그래. 소중히 여겨야지."

크리스마스이브의 밤이 이제 곧 끝난다. 내일은 또 학교에 가야 한다.

이 시간이 계속 이어졌으면 좋겠다. 그런 생각이 들었는데, 또 동시에 내일부터 시작될 평범한 일상이 왠지 무척 기대되었다.

산뜻한 아침이었다.

커튼이 걷힌 창문으로 들어오는 아침 햇살도 밝았고, 내 기분도 왠지 상쾌했으며, 머릿속이 매우 깨끗한 느낌이 들었다. 오늘은 나답지 않게 눈이 저절로 떠져서, 웬일로 아침 일찍 쉽게 일어나게 되었다.

이게 무슨 일이람. 남자 친구 효과인가?

이렇게 삶의 질이 급격히 좋아질 수도 있는 걸까……?

나는 무심코 "헤헤" 하고 혼자 히죽히죽 웃었다.

난생처음 남자 친구가 생겼다.

상대는 옛날부터 쭉 사이좋게 지낸 소꿉친구 마사이치인데, 신기하게도 생각보다 훨씬 더 신선한 기분이 들었다.

학교에 가서 빨리 그의 얼굴을 보고 싶다.

나는 신나게 등교할 준비를 시작했다.

☆

"왜 이렇게 된 거야……?"

8시 25분. 나는 맹렬하게 뛰어서 교문을 통과하고 있었다.

이상하다. 아침에 일어났을 때는 여유가 있었을 텐데.

평소보다 시간이 좀 있으면 오히려 게을러지는 이유가 도대체 뭘까. 느긋하게 TV를 보면서 아침밥을 두 공기나 먹고 말았다.

아, 그리고 평소보다 화장하고 머리를 만지는 데 시간을 더 많이 투자해버렸다. 지나치게 의욕적으로 꾸미지 않으려고 했는데…… 글쎄, 어떨까.

지쳐서 터덜터덜 계단을 올라갔다. 4층은 힘들어……. 그러다 간신히 교실 옆까지 도착했다. 나는 앞머리를 몇 번 손으로 살살 눌러 정돈하고 조심스럽게 문을 통과했다.

"앗, 토이로─옹! 왜 이렇게 늦었어─."

맨 처음 눈에 띈 것은, 폴짝폴짝 뛰면서 이쪽으로 다가오는 양 갈래머리였다.

"어휴, 미안. 내가 집에서 좀 늦게 나왔어."

나는 그렇게 말하면서 와락 달려드는 마유를 받아줬다.

"아, 토이로. 안녕? 또 늦잠 잤어? 아, 하지만 그게 당연한가. 어제는 크리스마스이브였으니까. 밤늦게까지 깨어 있었어도 어쩔 수 없나? 응, 어쩔 수 없지. 아니, 설마 아침까지 깨어 있는 코스였어?"

이번에는 뒤에서 그런 소리가 들려왔다. 그쪽을 돌아보니 화장실에 다녀온 듯한 카에데가 서 있었다. 손에는 예쁘게 접은 핸드타월을 들고 있었다.

"뭐가 어쩔 수 없다는 건지는 몰라도, 아무튼 늦잠은 안 잤어!"

실제로 어제는 밤늦게까지 신나게 이것저것 했지만. 단, 카에데가 싱글싱글 웃으면서 상상하고 있는 상황은 당연히 펼쳐지지 않았다. 왜냐하면 우리는 이제 막 사귀기 시작한 커플이니까.

"금방 수업이 시작될 거야! 아아, 하고 싶은 이야기가 엄청 많았는데—" 하고 마유가 투덜거렸다.

"아—, 미안, 미안. 나도 듣고 싶었는데!"

나는 두 손을 모으고 마유에게 사과했다. 그때 그 뒤에서 우라라가 다가왔다.

"뭐, 그런 이야기는 나중에 천천히 하는 게 낫지 않아? 아침에 급하게 이야기해봤자 그냥 정신없이 떠들고 넘어가게 될 테니까. 난 너희들의 이야기를 제대로 듣고 싶어."

우라라는 그렇게 말하더니 나를 향해 눈짓했다.

그 말이 정답이었다. 마유의 이야기는 물론이고 우라라가 선물을 잘 줬는지도 알고 싶었고, 또 카에데가 어떤 데이트를 했는지도 궁금했다.

"오늘 미술 수업은 선생님이 안 오셔서 자습이래. 자기 마음대로 그림을 그리면 된다던데. 1교시가 미술이라서 미술실에 가는 친구가 그렇게 가르쳐줬어."

카에데가 그런 정보를 제공해줬다. 그러자 마유는 "진

짜? 너무 좋다!" 하고 눈을 반짝반짝 빛냈다.

"오, 좋은데? 그러면 그때 이야기할까."

우라라가 그렇게 말했을 때 수업 시작을 알리는 벨소리가 울려 퍼졌다.

헉, 큰일 났다. 빨리 자리에 앉아야지.

나는 내 자리로 가려다가 얼른 교실 쪽으로 눈을 돌렸다.

──앗…….

이미 교실 뒷자리에 앉아 있던 마사이치와 눈이 딱 마주쳤다.

마사이치도 '앗' 하는 표정으로 한순간 시선을 피했지만, 역시 그러는 것은 좀 이상하다고 생각했는지 이쪽을 향해 고개를 살짝 끄덕여 인사했다. 나를 지켜보던 것을 들켜서 민망한 걸까. 얼굴이 약간 붉어져 있었다.

나도 똑같이 가볍게 인사를 했다.

와, 이게 뭐야, 이게 뭐지? 어쩔 줄 모르겠어. 평소에는 이런 때 어떻게 했더라?

같은 교실에 남자 친구(진짜)가 있다는 것은 이런 느낌인 걸까?

……왠지 가슴이 두근거리고 재미있는데.

나는 좀 장난기가 발동됐다. 그래서 진로를 바꿔 마사이치의 자리로 다가갔다. 책상 사이의 통로를 지나가자, 마사이치가 놀란 것처럼 눈을 크게 떴다.

"안녕!"

"으, 응."

"저기, 오늘 집에 같이 가자, 응?"

"으, 으으응."

나는 미소를 남기고 내 자리로 걸어갔다. 약간의 부끄러움과 묘한 기쁨이 하나로 섞인 듯한 기분이었다.

주위의 시선이 느껴졌다. 그런데 우리가 지금까지와는 다르다는 것을 눈치채는 사람이 과연 있을까?

어제부터 진짜 커플이 되었다는 사실은, 실은 들키면 안 되지만…… 그래도 이 가슴의 두근거림을 누군가가 알아줬으면 좋겠다는 생각을 아주 조금 해보기도 했다.

*

"응, 그래서, 그래서 말이지. 공연이 끝난 후에 무사히 선물을 줬더니, 선배님이 엄청나게 기뻐했대!"

"아, 그래? 잘됐네."

"응! 정말 잘됐어! 우라라가 너한테도 고맙다고 전해 달라고 했어."

"아─. 하긴, 클럽의 대기실까지 돌격해서 다녀왔으니까."

방과 후 나는 약속대로 토이로와 함께 교실에서 나왔다. 곧바로 내 방으로 가려나? 하고 생각했는데, 복도를 걷는 도중에 토이로가 『저기, 학교에서 좀 이야기하다가 집에 가지 않을래?』라는 말을 꺼냈다.

『학교에서?』

『응. 왠지 청춘의 한 페이지 같잖아? 가끔은 그러는 것도 좋을 것 같아서―.』

『그렇구나. 이제 곧 겨울방학도 시작돼서 한동안 학교에는 못 오게 될 테니까.』

『맞아, 바로 그거야! 이틀밖에 안 남았잖아. 이러니저러니 해도 좀 쓸쓸하다―.』

그리하여 나는 이렇게 어슬렁어슬렁 교내를 돌아다니면서, 잘 아는 멤버들의 크리스마스 이야기를 듣게 되었다.

"사루가야와 마유코의 소식은 들었어?"

"응, 그거! 와, 깜짝 놀랐어! 그것에 관해서는 할 말이 너무 많아서 일부러 마지막까지 남겨뒀는데."

"둘이 사귀기 시작한 거지?"

"응! 맞아! 너무너무 기뻐. 처음 사귄 날이 우리와 같은 날이잖아?! 마유나 다른 애들에게는 말할 수 없지만. 다음에 또 더블데이트를 하면 좋겠다!"

자세한 이야기는 사루가야한테도 들었다. 수업과 수업 사이의 쉬는 시간에, 사람이 없는 복도 한구석으로 불려가서 그 이야기를 들은 것이다.

『크리스마스 데이트는 최고로 즐거웠어. 더 많이 마유코와 같이 있고 싶었어. 그래서, 어, 내가 먼저 마유코에게 제안했어. 혹시 시간 있으면, 집에 돌아가기 전에 네가 좋아하는 만화 카페에 들르자고. 그리고 거기서 사건이 일어났지.』

사루가야는 창틀에 손을 얹고 바깥을 바라보면서 이야기했다.

『사건?』

그때는 갑자기 불길한 느낌이 드는데? 하고 생각했었다.

『응. 우리는 저번에 갔을 때처럼 개별 공간으로 안내되었어. 거기서 일단 짐을 내려놓고 만화책을 가지러 갔는데. 마유코가 화장실에 갔다 온다고 해서 나 먼저 방으로 돌아갔어. 이제 와서 돌이켜보면 그때부터 상태가 좀 이상했던 것 같아. 묘하게 안절부절못하고 있었거든.』

『흐음.』

나는 조그맣게 반응을 해줬다.

『아무튼 내가 방에서 기다리고 있는데 마유코가 돌아왔어. 방에 들어오면 당연히 코트를 벗잖아? 그래서 벗었는데——세상에, 코트 밑에 엄청나게 얇은 캐미솔만 입고 있었던 거야. 진짜로 뭔가 이것저것 다 보일 것 같은 수준으로. 이게 무슨 일이지?! 하고 깜짝 놀랐다니까.』

그래, 확실히 당황할 만한 상황이었다. 그리고 패닉 상태에 빠진 사루가야 앞에서 마유코는 이렇게 말했다고 한다.

『사, 사루가야. 크, 크, 크웃. 크리스마스 선물로, 나, 나, 나, 나를 줄게!』

"자세한 이야기를 들었을 때는 나도 깜짝 놀랐어."

사루가야와의 대화를 회상하면서 내가 그렇게 이야기했더니.

"아, 마사이치. 너도 다 알고 있었구나?"

토이로는 조금 놀란 것처럼 말했다.

"응. 마유코가 사루가야한테 말했나 봐. 나한테는 그 이야기를 해줘도 된다고. 아마 나카소네나 다른 친구들도 꼬치꼬치 캐물을 테니까, 그냥 선수 쳐서 웃기는 에피소드처럼 이야기해 달라고 한 것 같아."

"아하하하! 그랬구나―. 마유는 말이지, 끝까지 선물을 고르지 못하고 고민했는데, 고민하고 또 고민하다가 결국 '사루가야가 기뻐할 만한 것은 이거다!' 하고 이상한 방향으로 폭주한 것 같아. 자기도 혼란에 빠져서 뭐가 뭔지 모르게 되었다고 하더라."

"아―, 그래서……. 하지만 뭐, 그게 좋은 결과를 낳았으니까……."

"결과만 좋으면 다 좋은 거지!"

마유코가 결사적인 각오로 준 선물. 그 앞에서 사루가야는 이성을 유지하느라 죽는 줄 알았다고 한다. 그는 필사적으로 눈과 의식을 딴 데로 돌리면서 마유코에게 담요를 내밀었다.

그리고『이런 것은 정식으로 사귀게 된 다음에, 천천히 하면 되잖아』라고 말했다고 한다.

『사, 사귀게 된, 다음에……?』

『응. 내, 내가 먼저 말하게 해줘. 마유코. 넌 언제나 활기차고 밝아서 주변 사람들을, 그리고 나를 웃게 해주잖아. 그런 너에게 반했어. 그리고 이런 나를 소중히 여겨줘서 정말 고마워. 그러니까 혹시 괜찮다면, 나와 사귀어주지 않을래?!』

『──────으, 응. 앞으로 잘 부탁해!』

그러면서 마유코는 고개를 깊이 숙였고. 마침내 커플이 탄생했다는 것이다. 이래저래 기적인 것처럼 보였지만, 사루가야에게 물어보니 실은 그 녀석도 이미 마음을 굳히고 쭉 고백할 기회를 노리고 있었다고 한다. 그날 두 사람은 우연이 아니라 필연으로 맺어진 것이리라.

그리고 좀 전에 토이로가 해준 이야기에 의하면, 나카소네도 멋진 크리스마스를 보낸 것 같은데──.

"아, 맞다. 후나미와 카스카베는? 그쪽은 어땠는지 들었어?"

문득 궁금해져서 나는 그렇게 물어봤다.

"응, 들었지! 일루미네이션을 구경하러 가서 뭔가 커플 답게 달콤한 밤을 보낸 것 같아. 더없이 행복했대. 그 둘은 말이지―, 이미 베테랑 커플이라니까."

"우와, 그것 참……."

이상하네. 사귀기 시작한 시기는, 우리와 한 달도 차이가 안 날 텐데.

뭐, 그들에게는 또 그들 나름의 사정이 있었다는 것은 알고 있지만.

"아, 그리고―. 친구들이 나한테도 이것저것 물어봤어."

그때 토이로가 나를 돌아보더니 히죽 웃으면서 그런 말을 했다.

그야 그렇겠지. 크리스마스이브에는 어떻게 지냈는지, 다른 친구들이 모두 다 이야기하는 와중에 토이로 혼자만 빠져나갈 수는 없었을 것이다.

"그래서 넌 무슨 이야기를 했는데?"

"음― 그건―. 멋진 소설을 선물 받았다는 것은 비밀로 했어. 그것은 나만의 보물이니까."

"으, 응. 그건, 어, 나로선 고맙지."

소설을 쓰고 있다는 사실이 남들에게 알려지는 것은, 아직은 좀 부끄러웠다. 누군가가 "네가 쓴 글을 보여줘!"라고 말하면 곤란하기도 하고.

"그런데 말이지―. '토이로는 무슨 선물을 받았어―?'라고 물어보더라고. 우라라가. 이상하게 히죽히죽 웃으면서."

첫, 그 녀석······.

준비를 좀 도와준 나카소네는 당연히 내가 토이로에게 무슨 선물을 줬는지 알고 있었다. 다 알면서도 재미 삼아 토이로에게 물어봤나 보다.

"그래서 반지를 선물 받은 것은 친구들에게 말했어."

"그랬구나. ······반응은 어땠어?"

나는 괜히 긴장하면서 물어봤다.

"다들 무척 부러워했어. 좋겠다―라고 하면서. 특히 마유는 눈을 반짝반짝 빛내더라니까. 와, 역시 베테랑 커플이야! 하고."

토이로는 말을 마치면서 후훗 하고 웃었다.

"다행이다. 너무 거창하다고 싫어하는 사람이 없어서."

"어휴, 그런 반응은 하나도 없었어. 고등학생이 본격적인 반지를 선물한다는 이야기는 거의 들어본 적이 없다고 했지만, 실은 그렇기 때문에 다들 동경하는 것 같았어. 정말 기뻤다니까."

성취감? 고양감? 몹시 간질간질한 기분을 느끼면서 나는 고개를 끄덕였다.

남들이 보기에도 내가 준 선물은 성공적이었던 모양이다. 그래서 내심 안도했다. 그리고 토이로가 이토록 기뻐해서 정말 다행이었다.

여자 친구가 기뻐하면 나도 기쁘니까.

"아, 맞다. 그러고 보니 좀 신경 쓰였는데."

토이로가 그렇게 말을 잇자 나는 "응?" 하고 고개를 갸우뚱했다.

"내가 받은 반지 말이야. 사이즈가 내 손가락에 딱 맞았거든. 어떻게 된 거야?"

아, 그거. 일부러 숨기는 것도 아니라서 그 비밀을 가르쳐주기로 했다.

"그건…… 세리나한테 확인해 달라고 부탁했어."

"세리한테? 아니, 도대체 언제?!"

"글쎄. 네가 요리할 때 확인했다고 하던데. 이 정보는 100% 확실하니까, 자기를 믿고 주문하라고 했어."

"아, 앗―, 그때구나! 내가 식칼을 쓰고 있었을 때! 세상에, 그때부터 복선이 깔려 있었던 거야? 속았다―!"

아마도 짚이는 사건이 있나 보다.

"아니, 속인 것은 아니잖아?"

내가 그렇게 말하자 토이로는 즐겁게 웃었다.

"이것저것 많이 생각해줬구나. 정말로 고마워."

＊

우리는 특별 교실이 많이 있는 북쪽 건물에서 어슬렁어

슬렁 돌아다니다가, 이윽고 승강구로 내려가 밖으로 나
갔다.

"자, 이제 어쩔래?"

내가 물어보자, 머플러를 두르던 토이로가 "으음—" 하
고 말꼬리를 늘이면서 말했다.

"마사이치, 너만 괜찮다면 좀 더 이리저리 배회하고 싶
기도 해."

"배회? 어, 그래. 난 상관없어."

실은 오히려 좀 더 이런 시간을 보내고 싶은 기분이었
다. 교내의 이 분위기를—토이로의 말을 빌리자면 '청춘
의 분위기'를 좀 더 맛보고 싶었다.

우리는 승강구에서 왼쪽으로 꺾어 짧은 경사로로 내려
갔다. 그리고 운동장을 따라 난 통로로 들어갔다.

야구부가 배트로 공을 치는 경쾌한 소리. 테니스부가 달
리기하면서 내는 구령 소리. 멀리서 취주악부가 파트별 연
습을 하는 소리가 들려왔다.

은은한 저녁 햇살을 받고 있는 운동장에서는 육상부 남
학생이 트랙을 달리고 있었고, 그 너머에서는 핸드볼부 학
생들이 패스 연습을 하고 있었다. 오른쪽에서는 축구부가
집합해 감독 교사의 이야기를 듣고 있었다. "네!" 하는 굵
직한 목소리들이 완벽하게 겹쳐서 울려 퍼졌다.

방과 후에는 거의 학교에 남지 않았으니까. 나에게는 매

우 신선한 광경이었다. 동급생들이 모두 다 교내의 어딘가에서 자신이 해야 할 일을 열심히 하고 있다는 것을 알게 되었다.

날이 추운데도 열정적이구나. 아니, 본인들은 더운가.

저렇게 정신없이 열중할 만한 대상이 있다는 것은 좋은 일이다. 지금은 진심으로 그렇게 생각했다.

"……그러고 보니 진로 말인데. 나는 문과로 가볼까 해."

느긋하게 걸으면서 나는 그런 말을 해봤다.

토이로는 "흐음" 하는 소리를 흘리더니 이쪽을 돌아봤다.

살짝 밑에서 나를 쳐다보는 각도. 이미 익숙해진 시선인데, 진짜 커플이 된 지금은 이런 10cm의 키 차이야말로 가장 이상적인 차이가 아닐까? 하는 생각이 들었다.

"마사이치. 넌 어느 쪽이든 상관없는 타입이었잖아? 아, 하지만 앞으로 네가 하고 싶은 일을 생각한다면 역시 문과인가."

"응, 맞아. 이과 지식도 나중에 창작할 때 여러모로 도움이 될 테지만, 그만큼 공부에 시간을 뺏길 것 같거든. 대학교에 가서 뭔가 연구하고 싶은 것도 아니니까. 지금은 일단 내가 하고 싶은 일에 집중하고 싶어."

"그렇구나. 응, 그래. 좋은 선택이라고 생각해."

토이로는 고개를 끄덕이더니 말을 이었다.

"나는 이과로 가볼까―?"

나는 깜짝 놀라 무심코 걸음을 멈췄다. 그것이 자기중심적인 놀라움이란 것은 나도 알고 있었지만, 그래도 조심스럽게 물어봤다.

"……뭔가 구체적인 진로——목표가 정해진 거야?"

그러자 한 걸음 앞서 나아간 토이로가 멈춰 서서 이쪽을 돌아봤다. 그리고 "음, 그게 말이지—" 하고 말꼬리를 길게 늘이면서 말했다.

"구체적으로 그게 뭐냐고 물어본다면, 일단 영양사를 목표로 해볼까—? 하고 생각 중이야."

"영양사?"

그것은 토이로의 입에서 처음 나온 단어였다.

"응. 마사이치, 너를 앞으로도 쭉 건강하게 살게 해주는 전속 영양사. 어때? 여자 친구답지? 여자 친구 특화형 진로 선택이지 않아?"

"기, 기쁘긴 한데, 그런 이유로 장래를 정해버리면……."

내가 동요하자 토이로는 으하하 하고 웃었다.

"네~ 여기까지. 반쯤은 농담이었고요. 실은 예전부터—막연하게나마 관심이 있었어. 어린 시절에 나는 몸이 튼튼하지 않았잖아? 그래서 어머니가 책 같은 것을 보고 열심히 공부해서 영양가 많은 음식을 만들어주셨거든. 그걸 보고 생각했었어. 나도 저렇게 누군가를 위해서, 예를 들면 소아과 같은 데서 영양 지도를 하는 선생님이 되고 싶다고."

"우와! 그건, 어, 뭔가 굉장한데……?"

내가 상상했던 것보다 훨씬 더 구체적인 이야기였다. 내가 막연히 머릿속에 그리고 있는 꿈보다도 현실적이라고나 할까. 견실한 느낌이 들었다. 토이로가 그런 생각을 하고 있었다니. 나는 저절로 감탄했다.

"그리고 마사이치, 너를 쭉 건강하게 살게 해주고 싶어."

"응, 그거야 물론 고맙지만……."

"아하하하."

"저기, 나 이런 이야기는 처음 들었어."

"아─, 지금까지는 막연하게 그런 것도 괜찮겠다─ 하고 생각만 했으니까. 하지만 네가 장래에 되고 싶은 것을 목표로 노력하겠다고 마음을 먹었잖아? 그걸 보니까, 나도 뭔가를 목표로 노력하고 싶다─는 생각이 들어서."

"아하, 그렇구나……."

나를 보고 토이로도 자신의 진로를 진지하게 생각하게 되었구나……. 카스카베의 노력이 결실을 맺는 순간을 보고 자신이 '나도 뭔가를 위해 노력하자'라고 결심했던 것이 생각났다. 그것과 마찬가지로 나도 누군가에게 영향을 줄 수 있었던 건가? 하고 생각하니 왠지 기뻐졌다.

"응, 그래서 진로는 말이지. 문과로 가든지 이과로 가든지 입시에는 지장이 없을 거야. 하지만 대학교에서 하게 될 공부나 연구가 뭔지 알아봤더니, 역시 생물이나 화학의

기초는 다져두는 게 좋을 것 같아서."

"그렇구나. 응, 그럼 이과로 가야겠네."

"응! ……그러면 우리는 다른 반이 되겠지만."

"뭐, 그래도 방과 후에는 어차피 같이 있을 거잖아?"

"당연하지, 약속이야!"

토이로가 확 밝아진 얼굴로 말했다.

"저기, 있잖아. 커플은 말이지. 적절한 거리감을 유지하는 게 좋대. 그게 오래오래 사귀는 비결이라고 했어."

다시 걸음을 떼면서 토이로가 그런 말을 했다.

"갑자기 애정이 폭발해 찰싹 달라붙어서 늘 함께 행동하거나, 둘만의 시간을 급격히 늘리거나 하면 그만큼 애정이 빨리 식게 된대."

그러니까 우리는 다른 반에 가는 게 딱 좋지 않을까? 하고 토이로가 말했다.

"아─, 하지만 그건 우리에게는 통하지 않는 이론이잖아? 소꿉친구였다가 커플이 된 거니까. 갑자기 그러는 게 아니라, 원래 늘 같이 있는 게 기본이었잖아."

"그러게. 뭐야, 우리는 최강인가?"

그러더니 토이로는 킥킥 웃었다.

물론 나는 2학년 때에도 같은 반이 되는 게 제일 좋기는 했다.

하지만 이제 와서 다른 반이 되더라도 우리의 관계는 전혀 변하지 않을 것이다. 10년이 넘게 같이 지내는 동안에 우리는 바로 옆자리가 되는 경우도 있었고, 또 아예 다른 학교에 다닌 적도 있었다.

그런 사소한 일은 우리에게 전혀 영향을 주지 못한다.

조금 걱정했던 시기도 있지만, 우리의 관계가 단단하다는 것은 토이로가 가르쳐줬으니까.

말 그대로 우리는 최강의 커플이다.

그것은 나도 자각하고 있었다.

*

교정 옆을 통과해 뒷문 근처까지 왔다. 펜스 건너편은 학교 밖이었다. 하교하는 학생들이 드문드문 눈에 띄었는데, 뒷문은 언제나 큼직한 자물쇠로 잠겨 있어서 여기서 밖으로 나갈 수는 없었다. 불편한 시스템이었다.

나는 왼편에 있는 굵은 나무를 쳐다봤다. 잎이 떨어진 나무였다.

봄에 이 나무를 쳐다봤을 때는 거추장스러운 앞머리를 손으로 치웠었는데. 그게 문득 생각이 났다.

나는 거기서 걸음을 멈췄다.

토이로가 이쪽을 돌아보더니 의아한 듯이 고개를 갸웃 거렸다.

"토이로."

"응?"

마침 주위에 지나가는 사람은 없었다. 펜스 너머에는 사람이 있었지만, 거기까지는 들리지 않도록 성량을 조절해서——목소리도 떨리지 않도록 신경을 써서——.

"——좋아해."

토이로가 눈을 동그랗게 뜨는 것이 슬로모션처럼 보였다. 그 커다란 눈이 잠시 깜빡거렸다. 그리고 한 박자 늦게.

"으, 으응——, 왜 그래? 갑자기 연인 작업을 하는 거야?"

당황한 것처럼 그렇게 물어봤다.

그래서 나는 반대로 가능한 한 침착하게 대꾸했다.

"갑자기라니? 원래 연인들의 사랑은 다 이런 거 아냐?"

정말로 토이로와 같이 있으면 너무나 전해주고 싶은 것이 있었다. 이유는 모르겠지만. 아마 연인이기 때문이라고밖에 설명할 수 없을 것이다.

게다가 지금 내가 그것을 말로 표현한 이유는, 이곳이 바로 그——.

나는 다시 한번 머리 위로 쭉 뻗어 있는 나무줄기를 슬쩍 쳐다봤다. 그러자 토이로가 짧게 "앗" 하는 소리를 냈다.

눈치챈 건가. 이곳은 메이호쿠 고등학교의 전설의 명소였다. 두 사람이 연인이라면, 여기서 해야 할 일이 있었다.

"……토이로. 너는 어때?"

내가 먼저 물어봤다.

"──당연히, 너를 좋아해!"

그러더니 토이로는 이를 보이면서 씩 웃었다. 그 뺨은 아름다운 벚꽃색으로 물들어 있어서 나는 넋을 잃고 바라봤다.

예전에는 일부러 과시하듯이 그런 짓을 했었는데, 지금은 은밀하게. 다시 한번 주위에 아무도 없는지 확인한 다음에 손을 잡았다.

그리고 학교 건물 뒤편으로 이동해서──.

우리는 키스를 했다.

후기

집필 도중에는 언제나 졸음과 싸우고 있습니다. 아침에 나 낮에나 밤에나 왠지 모르게 졸음이 쏟아지거든요. 그래 서 대체로 뭔가를 먹으면서 오감 중 하나를 억지로 작동시 키고 있습니다. 그런 식으로 안 자려고 노력하면서 컴퓨터 앞에 앉아 있는 거죠.

우마이봉 명태 맛을 먹기도 하고, 하겐다즈의 베리베리 치즈타르트 맛을 먹기도 하고.

우마이봉은 깔끔하게 하나만 먹으면 끝나고 칼로리도 낮은 편이니까요. 밤에 먹어도 죄책감이 덜하단 말이죠. 가성비도 좋아요.

그러나 '오늘은 열심히 살았다!'라는 생각이 드는 날에 는 칼로리는 무시하고 아이스크림을 선택하는 경우가 많 습니다.

베리베리 치즈타르트는 여름이 되기 전부터 초록색 편 의점의 한정 상품으로 발매됐는데요. 올해는 이제 판매가 끝나버린 걸까요? 최근에는 편의점에서 못 본 것 같습니 다……. 저장해둔 것도 다 떨어졌는데. 슬퍼요.

참고로 장시간 집필을 할 때는 사탕을 먹습니다. 제가 좋아하는 츄파춥스는 체리 맛과 소다 맛입니다. 츄파춥스 체리 맛은 미국 체리 맛이 난단 말이죠. 좀 신맛이 나는 게 좋아요.

그런데 실은 뭘 먹어도 졸릴 때는 결국 못 버티고 잡니다. 확률은 거의 반반이에요. 그렇게 자다 일어나면 목이 엄청 아픕니다.

아, 집필 비화를 말씀드리자면.

저는 이야기를 처음 쓸 때 기본적으로는 결말이나 마지막 장면을 정하지 않고 쓰기 시작합니다. 이번 작품인 〈차라리 사귈까?〉도 마찬가지였습니다. 딱히 마지막을 상상하지 않고 쓰기 시작했죠.

일상에서 주인공과 히로인을 자연스럽게, 자유롭게 움직이게 해서. 두 사람의 관계가 진전되면 그에 따라 스토리를 써나가기로 했습니다.

네, 그래서 그 결과는?

이번 작품의 두 사람은 예상보다 더 서로에 대한 애정이 넘쳐서, 다섯 권에 걸쳐 순식간에 분위기가 좋아져서…….
와, 정말 놀랐어요.

(개인적으로는 2학년이 되고 3학년이 되면서 천천히 다양한 이벤트를 통해 서로 거리를 좁혀나가는 청춘 스토리를 만들고 싶었거든요. 뭐, 하지만 행복하다면 OK입니다. 그런 격언이 머릿속에 떠오르네요)

그리하여 스토리 자체는 이 5권에서 일단락이 되었습

니다.

그럼 감사 인사를 드리겠습니다.

시오 카즈노코 선생님, 이번에도 멋진 일러스트를 그려주셔서 감사합니다. 편집자님이 보내주시는 일러스트를 보고 '열심히 글을 써야지!'라고 하루하루 다짐했습니다. 이렇게 예쁜 히로인이 있는 소설을 쓸 수 있어서 행복했습니다.

담당자 S님. 언제나 정말로 신세를 지고 있습니다. 여러 모로 지도 편달을 해주셔서 이렇게 무사히 5권까지 내게 되었습니다. 오사카에도 꼭 한 번 놀러와 주세요!

그리고 〈차라리 사귈까?〉는 이웃집 영 점프에서 만화로 연재되고 있습니다. 현재 단행본도 4권까지 나왔어요. 만화가 니시지마 레이 선생님, 늘 감사합니다. 니코니코 만화에서 독자들의 코멘트를 보면서 읽는 것도 재미있어요.

끝으로 독자 여러분. 이렇게 책의 마지막 페이지까지 함께해주셔서 감사합니다. 재미있게 보셨으면 좋겠어요. SNS도 보고 있으니까 감상 같은 것을 적어주신다면 기쁠 거예요. 아, 그리고 어떤 간식을 좋아하는지도 가르쳐주세요!

　개인적으로는 금방 또 다른 라이트노벨 시리즈를 발표하고 싶다는 욕심이 있습니다. 부디 그쪽에서도 다시 만날 수 있기를 바랍니다.

카노다 키즈

Ne, Mouisso Tsukiattyau?
Osananajimi no Bisyoujo ni Tanomarete, Kamohurakareshi Hajimemashita 5
©Kizu Kanoda
Originally published in Japan in 2023 by HOBBY JAPAN CO., Ltd.
Korean translation rights ©2023 by Somy Media, Inc.

있잖아, 우리 차라리 사귈까? 5 소꿉친구인 미소녀의 부탁을 받고 위장 남친이 되었습니다

2024년 5월 15일 1판 1쇄 발행

저　　　자	카노다 키즈
일 러 스 트	시오 카즈노코
옮 긴 이	한수진
발 행 인	유재옥
이　　　사	조병권
출판본부장	박광운
편 집 1 팀	최서영
편 집 2 팀	정영길 박치우 정지원 조찬희
편 집 3 팀	오준영 권진영 이소의
디자인랩팀	김보라 박민솔
디지털사업팀	박상섭 김지연 윤희진
라이츠사업팀	김정미 맹미영 이윤서
영업마케팅팀	최원석 박수진 이다은
물 류 팀	허석용 백철기
경영지원팀	최정연
인쇄제작처	㈜코리아피엔피
발 행 처	㈜소미미디어
등　　　록	제2015-000008호
주　　　소	서울시 마포구 토정로222, 502호 (신수동, 한국출판콘텐츠센터)
판매 및 마케팅	(070) 8822-2301

ISBN 979-11-384-8312-4
ISBN 979-11-384-1220-9 (세트)